さむらいの門

決断の標《しるべ》

渡辺 毅

学研M文庫

本書は文庫のために書き下ろされた作品です。

玄太のためならいつでも命を投げ出す気でいる。

弥助《やすけ》……………水害で田畑を失った百姓の子で、いまは孤児。玄太を慕う。

三吉《さんきち》……………藩の飛び地「七つ浜」の漁師の若頭。玄太の幼なじみ。

鹿野屋万治郎《かのやまんじろう》…蝦夷地と江戸を股にかけた豪商。謎の多い女・うめは、万治郎の遠縁だとか。手代の粂蔵《くめぞう》は、玄太とは意の通じ合う仲。

佐野泰造《さのたいぞう》………熊谷隼人《くまがいはやと》、藤村頼朝《ふじむらよりとも》とともに、玄太や佐市とは子どものころから犬猿の仲。

序章　因縁

　因縁の発端は玄太《げんた》が十三の夏、七つ浜でのあの事件だった。

　三吉《さんきち》と一緒に磯釣りに行き、ソイを二尾釣って得意になって帰ってきたときだった。砂浜に幔幕《まんまく》が張りめぐらされ、渚《なぎさ》で貝殻を拾っている少女がいた。

　三吉が言った。

「岬の姫さまだ。近づいてはなんねえ」

　岬の突端の別邸に、神崎《かんざき》家の者が避暑に来ているのだという。かれらが滞在している間は、浜の者はなにかと気を使うことになるらしい。そんなことを知らない玄太は、着物の裾《すそ》をたくし上げ、波がくるたびにはしゃいでいる人形のような少女が珍しく、立ち止まって眺《なが》めていた。

　膝きりの着物に裸足の玄太が首をのばして姫を見ているのを、地元の漁師の子の無礼と見とがめたらしい。幔幕の中から飛び出してきた少年が、いきなり鞭《むち》を振り下ろしてきた。とっさにかわしたが、獣の革を細く縒《よ》り固めた鞭が顔をかすめ、右の眉の端のあたりが切れて血が滴《したた》り落ちた。

「なにをする」

釣り竿を捨ててつかみかかろうとした玄太を、三吉が必死になって止めた。

「よせ、岬の若さまだ」

名門の子が下々の無礼に我慢がならなかったにしても、こちらも軽格《けいかく》とはいえ武士の子、額を鞭打たれては黙っていられない。

駆け寄ってきた中間《ちゅうげん》が、三吉のはがい締めを振りほどこうとする玄太を押さえつけた。慌てて近づいてきた傅役《もりやく》と思われる家士が、なおも鞭を振りかざそうとする若君の腕を抑えた。そして玄太が士分の子であるとわかると、武士の子なら、家のためにここは堪忍《かんにん》せい、若はわしから諌《いさ》めておくと言い聞かせた。

いまにして思えば、あれは松原惣右衛門《まつばらそうえもん》だった。

これが、神崎伊織《いおり》との最初の出会いである。

二年後、同じ渚で玄太に声をかけてきた少女は、玄太の眉の傷に指を押し当て、一昨年の兄の無体な仕打ちを詫《わ》び、宇乃《うの》と名乗った。

無断で別邸を抜け出ていた妹を、供を引き連れて捜しにきた伊織は、宇乃が玄太の背後にかくれるしぐさを見て、みるみる顔色を変えた。

「鞭がひとつでは足りぬか。下郎《げろう》、身分をわきまえろ」

無礼を咎《とが》める腹立ちを越えた憤《いきどお》りが、そこにはあった。

馬上の伊織を、玄太はにらみ返すしかなかった。相手は、藩にあっては別格の大身、藩主家と並ぶ名門の嫡子《ちゃくし》である。体がぶるぶる震える無念さを、歯をくいしばって抑え込むしかなかった。

十五の少年の胸に刻印されたこの屈辱感は、生涯消えるものではない。

三十石《こく》の軽格の部屋住身分、乗り越えられぬ家柄家格に縛られて不本意に生きるよりはと、武士身分を捨てる気になり、三吉を訪ねたのが二十歳のときだった。

鹿野屋万治郎《かのやまんじろう》が江戸と蝦夷《えぞ》を結ぶ大船の中継基地としてから、七つ浜は急速に繁栄していた。地元の者と、利権を求めて流れ込んでくる者との間にいざこざが絶えなかったが、鯨《くじら》捕りの一番舟船頭となり、浜の者から若頭と立てられていた三吉は地元の者を纏《まと》めて、力ずくで権益を奪おうとするやくざ一家と対決していた。

網元のところに身を寄せていた玄太は、三吉を襲ったやくざの子分を叩き伏せた。その現場をたまたま見ていたのが七つ浜を視察にきていた家老の佐伯藤《さえきとう》之介《のすけ》で、その後佐伯の屋敷に出入りすることになったのである。

一年後、藤之介の命で江戸に出て、神崎伊織が老中橘田志摩守《ろうじゅうきつたしまのかみ》の懐刀《ふところがたな》、水口兵部《みずぐちひょうぶ》に近づこうとしたのを阻止するために、竜泉寺《りゅうせんじ》の門前で音物《いんもつ》の桐箱を奪いとった。

命懸けで手を貸してくれたのが藩邸の中間の辰吉《たつきち》であり、孤児の弥助《やすけ》だった。熊谷《くまがい》に下駄で額を割られ、脾臓《ひぞう》を傷めて危ないところだった辰吉は、熊谷を叩きのめして治療代を出させた玄太に恩義を感じ、いつでも命は差し上げますぜと言ったが、その言葉にうそはなかった。

邪魔をしたのが玄太と知って、月の光にさらされた伊織の顔は憎悪に歪《ゆが》んでいた。

「下郎、夜盗にまで成り下がりおったか」

その後、国元にもどってから、ふたたび藤之介の密命を受けて、玄太は神崎家が後押しをする上方《かみがた》の船問屋を出し抜いて、鹿野屋の船着場工事に手を貸している。

すだれのように降りしきる雪をへだてて睨み合ったとき、下郎め、と、大きく舌打ちしてから馬をあおり、雪を蹴立てて遠ざかっていく神崎伊織の後ろ姿を見送りながら、玄太の胸に「不倶戴天《ふぐたいてん》」の四文字が、はっきり刻印された。

浦辺《うらべ》玄太は、眉の端の傷痕に触れてみる。

(……あれから、十二年になる……。望んで歩んだ道ではないが、ここまでたどり着いたのはやつのおかげだ……)

第一章　すまぶり酒

一

家士とも使用人ともつかぬ恰好で、かれこれ五年仕えてきているが、浦辺玄太には、いまだにこの人物の肚《はら》の裡《うち》がわからない。そのもどかしさには、苛立ちと畏怖《いふ》の思いがまぎれ込んでくる。

いま玄太は、こうした佐伯藤之介の酔った顔を初めて見た気がする。酒に強い体質ではないとみえ、膨れ上がった赤い顔で胸元をはだけ、気だるそうに生あくびをかみ殺している。用人の青沼作次《あおぬまさくじ》が差し出した茶を飲み干すと、藤之介はふぅーと息を吐き、ちょっと間を置いてから言った。

「そなたに、言っておくことがある」

縁組が正式に決まってから、奥方の千代《ちよ》には佐伯家にふさわしい者となるべき心得を、なにかと言い含められてきたが、岳父《がくふ》となるこの人物の口からは、それらしきことはなにも言われたことがない。

玄太は、いずまいを正した。

藤之介は手にしていた茶碗を置くと、いきなり言った。

「佐伯の女どもに、逆らってはならぬ」

「………」

一瞬、相手の真意がのみ込めなかった。酔いをいいことに、つまらぬからかい口を叩いたのかとも思った。が、藤之介の目はまじめだった。

「さほど難しいことではない。言われたことに逆らっても、無駄だと心得ておけばよいのじゃ」

口ぶりに戯《ざ》れ言《ごと》の軽みがないだけに、答えようがない。

佐伯の女どもといえば千代とぬいということになろう。

名門佐伯家の家付き娘として育った奥方の千代に、身だしなみから箸《はし》の上げ下ろしにまで口やかましく言われている藤之介を、玄太はこれまでも見てきている。稀代の切れ者と言われ「かまいたち」の異名を持つこの人物が、妻女の小言をなんとかやりすごそうとする図は珍妙なものではあったが、それを嗤《わら》う気は玄太にはなかった。

いまここにきて、いわば入り婿《むこ》の先輩として、その心得を言い聞かせる気になったのだとすれば、いささか滑稽な気がする。佐伯家の秘事に類する重要なことを明かされるのかと構えていただけに、肩すかしを食った気もする。どこかおっとりした気質のぬいが、そのうち口やかましい奥方に変貌したとしても、それはそのときのことで、それに対処する術《すべ》を伝授してもらう気などない。玄太の苦笑の気ぶりを察してか、藤之介は口許《くちもと》を歪めた。

「そなた、おなごを甘く見ておるようじゃな」

「いや、さようなことは」

玄太は口ごもった。

玄太が身近に見てきた女性といえば母のきみ江《え》と姉の静江《しずえ》、いずれも頭の上がらぬ者たちで、甘く見るなどとはもってのほか。手厳しさに首をすくめはするが、藤之介の語調に含まれている屈折した警戒心など抱いたことはない。

「まあよい。いずれ骨身にしみてわかることじゃ」

藤之介は、うかつ者をあわれむかのような目をした。

遠くの座敷から祝宴の華やいだざわめきが伝わってくる。藤之介にうながされて席を立ったとき、町奉行に昇進した須貝平八郎《すがいへいはちろう》が謡《うた》っていた。ご祝儀の席でよく謡われる里謡で、もとは藩祖時代の出陣歌だったものが、年を経てご祝儀歌として領民の間に定着したものと伝えられている。張りと伸びのあるなかなかの美声であった。

須貝は秋野《あきの》派の重鎮熊谷伝兵衛《でんべえ》の配下であったが、この上役とは反りが合わなかった人物だ。須貝だけではない。今宵の宴席に連なっている面々は、いずれも大派閥の秋野派から距離を置き、それがために冷や飯を食わされてきた点では共通している。

仲人役の古林善十郎《こばやしぜんじゅうろう》も、そのひとりだ。彼が仲人口上のなかでそのことに触れたのは、腹芸のできない率直さにもよろうが、仲間意識に似た安心感もあったからだろう。

そのとき、祝言の席とはいささか異質の、気合の入った歓声が起きた。酒が回るにつけ、座の和みが鋭利なものへと高揚していき、さながら反秋野派の決起集会の様相を呈しはじめていた。

精気めいたものが迸《ほとばし》りでる須貝の声も、やっと日の当たる場所を得た男の雄叫《おたけ》びと見られなくもない。

古林の中老返り咲きや須貝の昇進は、堅牢《けんろう》な秋野派の布陣の一角を崩した観がないではない。殿の意図が反映されてのことだと言われている。

しかし、筆頭家老の秋野主膳《しゅぜん》は練達の為政者で、ここ十年間、とりたてるほどの失政があったわけではない。永代家老職の秋野家が培《つちか》ってきた派閥は、何代にもわたって強化されてきたもの、城内は無論のこと、江戸屋敷にまで深く根を張っている。

幕府や他藩との折衝や、取り交わされた秘事に類する約定《やくじょう》も、彼の手に握られている。藩政の細部の仕事を掌握しているのも、秋野派の息のかかった役人である。そうたやすくは覆るはずはない。

「英邁《えいまい》な気質ながら、殿はわしらと違って育ちが良すぎる」

藤之介が、玄太の前でそう漏らしたことがある。秋野派に壟断《ろうだん》された藩政の澱《よど》みや腐臭が、そう簡単には払拭《ふっしょく》できないことを、知っているのだ。

どっと歓声が起こり、手拍子が聞こえてきた。須貝に続いて、だれかがご祝儀芸でも披露しはじめたのだろう。

脇息《きょうそく》にもたれかかっていた藤之介が、なにかつぶやいた。そして、玄太に近くに寄れという身振りをした。すると、部屋の隅に影の塊《かたまり》のように控えていた青沼が音もなく出て行った。主の意を察するにはなはだ鋭敏な男で、この油断のない動きは、部屋にだれも近づけない用心のためだ。

（青沼が席を外したとなると、やはり、ただの婿の心得を言い聞かすためではなさそうだな……）

祝言の席から、新郎と新婦の父親が連れ立って中座したことになる。かような非礼には人一倍神経を尖らす千代が、たしなめ顔をしなかったばかりか、客の怪訝《けげん》な顔を宥《なだ》め押さえるかのように、花嫁に酒を注いで回るようにうながしていた。

どうやらこれは、千代の意を体《てい》してのことらしい。そう取れば、どこかいまいましげでなげやりな藤之介の態度にも、納得がいく。

玄太は、こころもち藤之介の前ににじり寄った。

「そなた、鎧《よろい》の間《ま》のことは知っておるな」

いくつ部屋があるのか、いまだに足を踏み入れたことのない部屋がある大屋敷だが、鎧の間は、これまでに何度か千代に掃除を言いつけられている。

ちょっとした寺の本堂ほどもある仏間と襖《ふすま》で隔てられているのが鎧の間で、先祖伝来の甲冑《かっちゅう》が正面に据えられ、他にもいわくありげな刀剣や茶器、壺、軸物、香炉《こうろ》のような骨董が陳列されている。代々の藩主に拝領した品々とかで、中には将軍家から下賜《かし》されたという白磁の茶碗もある。

玄太はこの部屋で、黒革の大鎧の前に立ち、中腰で兜《かぶと》の奥を覗き込むようにしていた藤之介を、たまたま見かけたことがある。

あのとき、玄太に気づいた藤之介は珍しくバツの悪い顔を見せ、苦みを帯びた口ぶりで言った。

「ここで、代々のご先祖さまが、婿のできのよしあしを見張っておるのじゃ」

佐伯家ほどの名門の当主ともなれば、微禄の下士身分にはわからない気苦労があるのだろうとは思うが、所詮《しょせん》は上士の贅沢な悩みだと吐き捨てたい気持ちが動いたことを、玄太は覚えている。

玄太がこの家に婿入りする気になったのは、上士に列したいからではない。栄耀《えいよう》を望む気はもともとない。縁組話が進むにつれて気うつが高じていくだけで、婿口を求めて汲々《きゅうきゅう》としている面々が陰口している、「富《とみ》くじに当たった果報者」などと思ったことはない。

三十石の軽格の部屋住が、藩でも指折りの名門に婿入りすることは、城内城下で好奇の噂話として広まっていることは知っている。城勤めの兄の仙之助《せんのすけ》からも聞かされたし、辰吉の店でも、町人たちの話題になっているそうだ。そのなかには不愉快なものもあるが、これが天から与えられた宿命だと、玄太は観念していた。

「存じておりますが、あの部屋がなにか」

「そなたに、鎧の間のガラクタを背負う覚悟を、しっかり決めてもらう」

そもそもこの縁組の口火を切り、乗り気だったのは、いま目の前で不機嫌そうに酔眼を見開いている佐伯藤之介である。名門なるがゆえの枷《かせ》は、それはあるにはあろうが、鎧の間のご先祖さまに縛られる気は、玄太にはなかった。

(佐伯家を守るために婿入りしたわけではない……)

本心をぶちまければ、そんな身も蓋もない言辞となろうが、玄太は表情を殺して答えた。

「覚悟というほどではございませぬが、佐伯家の面目を潰すようなことはすまいと、いささかの気構えはできており申す」

藤之介はふんっと鼻を鳴らした。こちらの肚の裡を見すかしている目だ。

「ま、よかろう」

藤之介は揺れる上体を起こして、見据えるように玄太を見た。

「新婚の閨《ねや》入り前に婿に言い聞かせるのが、この佐伯家のしきたりになっておる。心して聞くがよい」

「うけたまわります」

「佐伯の家には、男子はいらん」

いや、男子ばかりではなく、女の子も頭数が少ない方が無難だ、幼児のうちに流行《はや》り病などに罹《かか》って失うこともあれば、まるっきり一人というわけにはいくまいと、藤之介は面倒くさそうに付け加えた。

男子が生まれても、その子ができがよいとは限らない。家老職をはじめとする重職を代々輩出してきた佐伯家を守るには、できのいい婿を一本釣りするのが一番確かなことと、何代か前の当主が決め、家訓として残っているのだという。

「鎧の間のご先祖さまの遺志と、観念することだな」

藤之介は、無表情に続けた。

「わしらには男の子がおった。ぬいの三つ上だった」

玄太がはじめて耳にする話だった。

「達者に育っておれば、そなたと同じ年頃であろう」

「そのお方は、どうなされました」

「嬰児《みどりご》のうちに死んだ」

「…………」

「死ぬことはなくても、この家を継ぐことはなかった。物心つく前に京の寺に預けられ、親の名を知らずに一生を過ごすことになる」

一瞬、藤之介の顔に父親の情とでも言うのか、無念の色が走った。しかし、それはすぐに消え、玄太を見つめている目にはいつもの冷徹さが湛《たた》えられていた。

「いまひとつの覚悟は、これはいまさら言うまでもないことだが、神崎伊織の動きを封じこめることじゃ。これは佐伯家の家訓でもなんでもないが、いわばそなたとわしとの間に結ばれた密約と心得てもらいたい。秋野主膳は老獪《ろうかい》な男だが、家臣としての分はわきまえておる。

しかしあの男はそうではない。藩主家に代わって、この藩をのっとることまで視野に入れておるふしがある。これまでは秋野派の黒幕でいたが、こんどは殿のお声がかりもあって、執政職に加わることになろう。そうなれば、先代とて蔵之丞《くらのじょう》の名を譲るのに渋ってはおられまい」

藩主家と並ぶ名門であり、飛び抜けた経済力を持つ神崎家だが、先代の神崎蔵之丞までは神崎家の家訓を守って、決して藩政の表舞台に顔を出さなかった一族である。先代が病床にありながら家督を譲ることを渋っていたのは、伊織の途方もない野望を危惧《きぐ》してのこととの噂があった。

「蔵之丞の名を継いで正式に神崎家の当主に納まり、その上で藩政に加わるとなれば、これまでのように陰で力を挫《くじ》くわけにはいかぬ。表舞台で対決するしかない。秋野主膳を相手にするのとわけが違う。そなたのあの男に対する、いわばガキの遺恨だけでは通用しないと見て、それでこの佐伯の家名を譲ることにしたのだ。それはそなたも先刻承知のことであろう」

「いかにも。その覚悟ならば、とうにできており申す」

「あなどれぬ相手じゃぞ」

「心得ております」

「ならば、よい。あとは座にもどってよい」

藤之介は手を叩いて、青沼を呼び寄せた。

「わしは、あのような席にはもどらぬ。奥がなにか言ってきたら、酔いつぶれて臥《ふ》せったとでも言っておけ」

玄太は一礼して藤之介の部屋を出た。襖を開けると、遠くの宴席の賑わいが潮騒のように伝わってくる。さきほど聞き取れなかった藤之介のつぶやきに、玄太は思いあたった。

「浮かれおって」

たしかにそう言ったのだ。

藤之介の部屋は、母屋とは渡り廊下で繫《つな》がれている。よほどのことがないかぎり、藤之介はこの離れ部屋に籠《こ》もっている。食事もこの部屋でとることが多い。奥方の千代と睦《むつ》まじく茶などを喫している図を見たことがない。

実家では、道楽の細工物に熱中している父東吾《とうご》の背に体をもたせかけて語りかけている、母のきみ江を見てきている。ときには激しい言い合いもしていた。夫婦とはそのようなものとずっと思っていただけに、藤之介と千代の、どこか情愛の希薄な接し方がいささか奇異には思ったが、格式ある家柄の夫婦とはかようなものかと、不審の念が居すわっていたわけではない。

謎がひとつ解けた気はするが、解けたとたんにひとまわり大きな厄介物を押しつけられた気がする。ふたつの覚悟を言い渡されたが、神崎伊織の件はいまさら念を押されるまでもないことだ。となると、先代の立場から家訓に則って言い渡したのは、「男子を産んではならぬ」である。

（鎧の間のガラクタを背負い込むには、父親として、夫としての情愛は無用ということか……）

玄太は子どものころ、このお屋敷には「カマイタチ」という化け物が住んでいると聞かされて、白毛に覆われたイタチを想像して逃げ腰になったことがある。カマイタチとは一滴の血を流さずに獲物を倒す化け物で、佐伯家老の異名だと知ったのは後になってからだ。

（なるほど、このお方の冷徹さの起点は、ここにあったのか……）

佐伯藤之介には、ひとを苛《さいな》むといった悪癖はない。異様な執着癖もなし、常軌を逸する激情家ではない。その人物が、ここぞというときに示す非情さに、玄太は不可解なものを感じ、戸惑ってきたのだ。

これまでも罠《わな》に嵌《は》められた気がしていた。しかし、不倶戴天の敵と思い定めた神崎伊織と対等にやりあうには、佐伯家の名を借りるしかないと腹を決めたのである。いまさらそれを悔いたところで始まらないが、引導《いんどう》を渡された気はする。

玄太は大広間にもどらずに台所に行った。異様に盛り上がっている空気に馴染めない気分が胸のあたりにあり、水が飲みたかった。

台所では、小鉢や皿を持った女たちが、忙しげに出入りしていた。藩主の名は知らなくても、浦辺東吾の名を知らぬ者はいないと言われるほど、領民の間で信望の厚い東吾の子息が家老家に婿入りするとあって、近郷からも城下の町からも、祝いの品を持って挨拶にくる者が多い。

煮物の匂いが立ち込め、蒸籠《せいろう》が湯気を吹き上げている台所には、農家の若嫁だとか町家の女房が手伝いに来ていた。襷《たすき》を外して丁寧に頭を下げる顔の中には、玄太の知っている顔もある。七つ浜の網元の家からはツルが来ていた。しばらく見ないうちに、一段と娘らしくなっている。玄太と目が合うと、いかにも嬉しそうな笑顔を見せた。

酒の燗《かん》加減をみていた辰吉が、なにがありやした、と声を落とした。

「いや、なんでもない」

いかに辰吉といえども、打ち明けられることではない。

「お座敷の方では、新郎新婦そっちのけで盛り上がっておるようですが」

江戸で武家屋敷の中間をし、合点のいかない武士の側面を見てきただけに、結婚披露宴の席とはいささか質の異なる盛り上がりに気づいていて、玄太の浮かない表情が気になるらしい。

そのとき、玄太の脇をすり抜けるようにして、銚子を盆に載せて出ていった女がいた。色白で大柄の女には、田舎の女とはどこか違う身のこなしがあった。後ろ姿を目で追う玄太に、体を寄せた辰吉が小声で言った。

「あれは、この辺りの女じゃありませんぜ」

「商家の者か」

「おなご衆に訊《たず》ねてみたんですが、だれも知らねえようですぜ」

「…………」

「あっしが探りを入れておきやす。旦那は知らんふりをなさっていてくだせえ」

二

日下佐市《くさかさいち》は、宴席の下座で手酌で酒を飲んでいた。辰吉が腕によりをかけた料理も旨いし、酒も上物だった。しかし、酔いが心地良く回っていかない。

座の異様に高揚した空気が、酔いの邪魔をしていた。

正面の席で、もう仲人の役は果たしたとばかりに膝を崩している古林善十郎のまわりには、声高に話しながら盃のやりとりをしている者たちがいる。村夫《そんぷ》子然《しぜん》とした小柄な老人の古林が、仲人口上の中で二重にめでたいといった意味は、佐市にもわかる。高潔な人柄と見識の深さで尊敬を集めているものの、長いこと明王岳《みようおうだけ》の麓に隠棲していたのは、秋野主膳との確執からだとされていた。

佐市が父の仇《かたき》の神崎伊織の用人堀田圭六《ほったけいろく》を斬ったとき、藩には無届けの仇討ちと、重職の間には佐市を罰する動きがあったのだが、古林の弁護で糾問《きゆうもん》をまぬがれた経緯がある。恩義がある上に、裏表のない率直な人柄に佐市は惹《ひ》かれていた。

町奉行の座を射止めた須貝平八郎もまた、裁定に公正さを欠くと、とかく悪い噂があった前奉行とは、なにかにつけて意見が衝突していた人物である。剛剣の使い手であるだけではなく、領内の隅々にまで目配りをしている。悪事を働く者に恐れられている辣腕《らつわん》ぶりは、まっとうな暮らしをしている町人百姓の信頼を得ることになるだろうと、佐市は見ていた。

（そこまではよいが……）

この席に居並ぶ面々は、これまでの秋野派優先人事に変化が現れたことに、いろんな意味で期待をかけている者たちと見てよかろう。

古林を中心にした車座では、藩政批判の論議が沸騰している模様である。

「いかにもいかにも、これで秋野派の命運は尽きたも同然でござる」

そんな声の中には、新しい権力者にすりよるかのような響きがあり、それが佐市には不快であった。

(玄太のやつ、とうとうとんでもないものを背負《しょ》い込むことになった……)

竹馬《ちくば》の友の祝言を祝う気持ちよりも、いずれ、権謀術数渦巻く藩政の真っ只中に身を置くことになる玄太への懸念が、どうしても拭いきれない。

ガキのころから、ふたりには高慢な上士の子弟に対する反発があった。彼らとはよく喧嘩をした。喧嘩早かったのは、むしろ玄太の方だった。

土屋《つちや》道場に入門してから、ふたりは競い合うように剣技を磨いたのだが、草《くさ》壁《かべ》道場に引き抜かれたのは佐市だった。草壁道場は藩政の裏の世界に直接つながっていると噂され、剣の腕で身を立てるには近道と言われていた道場である。大目付《おおめつけ》でもある草壁平助《へいすけ》が、浦辺玄太ではなく日下佐市を選んだのは、玄太の直情的な性癖のせいであろうと佐市は見ている。

玄太は、強い者、高飛車に出てくる者に対しては向こう見ずに立ち向かっていくところがあったが、しいたげられた弱者に対しては、これまた後先考えずに肩入れするところがあった。理不尽を許せない俠気《きょうき》とも言えよう。

少年のころからの神崎伊織に対する敵愾心《てきがいしん》も、根にあるのは、家柄や育ちが幅をきかす世の仕組みを認めたくない、彼の俠気によるものだ。

（草壁さまは、それを剣士としての弱点と見たのだ……）

いま台所で包丁を振るっている辰吉も、玄太の俠気に惚れて江戸からついてきた男だし、売られる寸前に救われたツルなどは、玄太を神様とまで思っている少女である。辰吉の下で働いている弥助にも同じことが言える。天涯孤独の孤児が、玄太のおかげで生きる道を与えられたようなものだ。

（おれにはないものが、玄太にはある……）

それは認めるが、人間としての温かみ、一本気な正義感が、はたして政治の場で役立つのか、これまで藩政の裏側の修羅場《しゅらば》を潜ってきた佐市には、疑問が残る。

草壁道場に引き抜かれたあと、佐市の役務は、私情はむろんのこと正邪の判断も無用の世界だった。ためらいが命取りになり、血しぶきを浴びるたびに体内の血が涸れていくのを、ある絶望感をもって生々しく感じたこともある。

「お祝いの席だというのに、こちらさまはひとり酒でございますか」

顔を上げると、銚子を持った女が目の前にいた。

小指を立てて銚子の首をはさみ持つ手つきといい、物おじせずに語りかけるところといい、酒の席に慣れた女である。大柄で色白ながら、引き締まった体つきをしている。見知らぬ顔だった。

「さあ、お酌をさせてくださいまし」

この地の者の言葉づかいではない。

「江戸の者か」

あらと大げさな身振りをして、女は口に手の甲を当てた。

「見抜くとは、江戸女を知っておいでですね」

そのとき、古林善十郎を囲む輪から、なにか激昂する声があがった。首をのばすと、ゆらりと立ち上がってにらみ合っているふたりがいる。背の高い方は藤村《ふじむら》だ。同じ土屋道場に通っていた男で、あのころから情報通で機を見るに敏な男だった。父親が東吾と親交があることから、父の名代として出席したらしい。少年のころから上士の子弟の取り巻きであった彼が、父に代わってこの席に顔を出したのは、持ち前の鋭敏な嗅覚によるものだろう。

もうひとりの初老の男は、佐市の父の孫右衛門《まごえもん》と同役だった久保田《くぼた》清助《せいすけ》で、物である。孫右衛門が非業の死を遂げたとき、葬儀に参列してくれた数少ない中のひとりだった。孫右衛門同様に、秋野派で固められた上役に直言《ちょくげん》して役を解かれた人物である。いまもまだ無役《むやく》のままのはずだ。

「おぬしのあざとさには、我慢がならぬわ」

肩を怒らせ、声を震わせている頭ひとつ小さい久保田に、藤村は心外とばかりに言い返していた。

「日頃考えていたことを、開陳《かいちん》したまででござる」

秋野派といっても藤村は軽格、卒中で倒れた父の跡を継いでいるものの、格別の才がある男ではない。少年のころすりよっていた上士の子が代替わりとなり、役職を受け継いでいたところで、そう簡単に出世の道が開けるものではない。ならばと、古林善十郎が中老に返り咲いたことの意味をすばやく嗅ぎ取り、売り込みにでもかかったのだろう。

いい加減にせんかいと怒鳴る声、まあまあと宥める声があって、下座に居並んでいた村役や出入りの町人が、困惑顔で囁《ささや》き交わしていた。

「殿御方は、政治向きのお話となると、血の気が上がるのでございましょう」

女の目には、薄いわらいが浮かんでいた。

を、女は見やった。

「ところで、あの元気なお方はどなたでございますか」

宥められて腰を下ろしたものの、まだ憤然として肩をいからせている久保田

語調には、詮索めいた響きがある。佐伯家、あるいは浦辺家といかような縁があるのかは知らぬが、台所働きならばともかく、手伝い女がこのような席で酌をして回っているのも妙な話なのだ。士分の妻女であれば、今後の付き合いを考えて客の名をたしかめておくことも必要であろうが、どう見ても町家の女である。士分の家に出入りする商人の女房にも見えない。

「名を聞いてなんとする」

佐市の詰問口調に、まあ怖い顔をなさってと、女は首をすくめた。

「亭主と別れて田舎にもどったのでございますよ。これからこの地でなにをするにも、いろいろな方にご贔屓《ひいき》を願いたいと、そう思ってのことでございますよ」

ご機嫌を損じたようで、そう言い残して立ち上がった女の身のこなしに、やはりただ者ではない軽捷《けいしょう》さがあった。

しばらく席を外していた新郎がもどり、座についたところで、古林善十郎がお開きを宣した。

「いやはや、めでたいことでござる。この祝言の席は、藩政の新しい門出の席でもござった」

（いずれ玄太は、佐伯家老の跡を継いで執政に加わることになる。そのとき、この中老の高い見識はなにかと役に立とうが、この率直さに足を掬《すく》われないでもなかろう。玄太が執政として十全の力量を発揮するには、古林家も代替わりになって、与一郎と力を合わせるしかあるまい……）

佐市は、江戸屋敷で殿の側仕えをしている古林与一郎の顔を思い浮かべていた。十年後になるか二十年後になるか、そのとき自分が果たすべき役割が、佐市にはまだ見えていなかった。

はっきりしているのは、人斬り役はもう御免だということだけだった。

それまで正座を崩すことのなかった土屋彦九郎が、老いを感じさせない凛《りん》とした声で締めの挨拶を述べたあと、来客は引き出物の荒巻鮭《あらまきじゃけ》をぶら下げて玄関に向かった。玄太とぬい、それに千代が見送りに立ったのだが、佐伯藤之介は顔を見せなかった。

もどってきた玄太は、佐市の前にどかっと腰をおろした。

「すまぶりといこう。ゆっくりおまえと酒が飲みたい気分だ」

すまぶり酒とは、宴席の残り酒を腰を落ちつけて飲む、この辺りの習いのことだ。

「祝言の夜だ。ぬいどのに悪かろう」

「なに、かまわん」

玄太の言い方には、どこかなげやりなものがある。

「そうもいくまい。今宵でなくとも、酒を飲む機会はいくらでもあろう」

「おれは、今夜、この場で飲みたいのだ。おまえと辰吉、七つ浜の三吉がいてくれれば言うことはないのだが」

ひと月ほどまえに、辰吉の店で三人が酔いつぶれたことがある。あのときの玄太の目、荒涼とした原野でも見つめているかのような、どこか悲しみを湛えている目を、佐市は思い出した。

「よかろう。辰吉を呼んでくる」

「台所を覗いてきたが、辰吉はいなかった。いずれもどってくる」

宴席の後片付けの指示をしていた静江が、心得顔に残り酒を集めて持ってきてくれた。

「止めても聞く耳は持たぬようじゃが、ほどほどにするのじゃぞ」

藤之介が姿を消したこと、玄太の浮かぬ顔、座の底意を秘めた高揚した空気に、この祝言に手放しでは喜べないものを感じとっていたのだろう。

子どものころから腕白者で、しかも理屈っぽいところがあった玄太、かっとなれば相手がだれであれ、捨て身になる佐市だった。喧嘩をしてくるたびに理由を問いただし、叱りつけもしたし褒《ほ》めてやることもあった。相手の家にあやまりに出向いたこともある。さんざん手を焼いた弟と、いずれ夫となるふたりに注ぐ静江の目には、男とはいくつになっても大変なものじゃなとでも言いたげな、哀傷の色があった。

手伝い人が帰ったあと、火を落とした台所では雇い人の小女とツルが、後片付けをしていた。ツルはときどき座敷を覗きにきて、なにか用はないかという顔をした。

辰吉がもどってきたのは半刻ほど経ってからだ。

「旦那」

端折《はしょ》っていた着物の裾を下ろした辰吉は、人けが消えている広間を、たしかめるように見回してから声を落とした。

「あの女の行き先を、突き止めましたぜ」

帰る客にまぎれるように、勝手口からするりと抜け出した女を尾《つ》けたのだという。

「やはり、秋野家老の屋敷か」

「いや、そうではござんせん」

「…………」

「忍び橋のたもとの、茜屋《あかね》という料亭をご存じですかい」

「知っておる」

「あの女狐《めぎつね》、あそこに入りやした」

またもや茜屋か、とつぶやいたのは佐市だった。佐市には因縁のある料亭である。

ふたりが土屋道場に入門したのは、十三の年明けだった。ところが、二年ほどたつと、佐市は土屋道場での稽古では飽き足らないと言いだし、荒稽古で評判の町道場に通うと言いだし、玄太もそれに従った。上士の子弟が幅をきかす土屋道場に不満があったからだ。

片倉《かたくら》道場は稽古の荒さだけではなく、身分にかかわらず実力だけで評価され、町人や百姓出の入門者も多いと聞いていた。佐市の天稟《てんぴん》の才は、すぐに道場主片倉の目にとまり、格別の目をかけられていた。

ところが、一年ほど経って、その片倉が、この岩見《いわみ》藩の本家筋にあたる津濃《つの》藩から差し向けられた密偵であることがわかり、農民に一揆を唆《そそのか》す策謀があると見なされ、暗殺されたのである。斬ったのは、草壁道場の下男であった作次である。その後、佐伯家老に用人としてとりたてられた青沼作次だ。

玄太が、殺害の場の茜屋の近くの栗林に身を潜めていたのは、そのころ片倉が、釣りに行くにも料亭に行くにも、いつも佐市を連れ歩いていたからだ。凶行があることを事前に耳打ちしてくれたのが、すでに江戸に出て殿の側仕《そばづか》えをしていた古林与一郎《よいちろう》である。

津濃藩に容喙《ようかい》の口実を与えずに片倉を始末するには、私情私恨による刃傷沙汰《にんじょうざた》とするしかないと、佐伯家老が内聞に殿の許しを受けてのことだったのだろうと、推測できる。

殿の内意を佐伯家老に伝えるために国元に帰ってきた与一郎は、玄太を呼び出して言ったのだ。

「日下佐市は、いずれ浦辺玄太の刎頸《ふんけい》の友となる男だろう」

あのとき与一郎は十八か九であったはずだが、いまにして思えば、言い方だけではなく、先を見通す眼力にも老成したものがあったことになる。

謎の多い事件ではあったが、あのときすでに、いろんなことが繋がっていたのだ。

茜屋とはなと、佐市が首をかしげた。

「江戸風の女ならば、客の名を確かめておった。怪しい女ではあったが、茜屋が家老家の祝儀ということで、仲居女中を差し向けたのではないのか」

「いや、それはない」

辰吉はきっぱり言った。

「あっしのところでは、あの料亭に鯉《こい》や鰻《うなぎ》を納めておりやす。あの店の者の、たいがいの顔は知っておりやす」

「やはりそうか。だれかの意を受けて、顔ぶれをたしかめにきたのだな」

「祝儀の席も油断がならないなんて、旦那、あっしは腹が立ちやすぜ」

玄太、と佐市が苦くわらった。

「おまえ、すまぶり酒もゆっくり飲めぬ身になったということだ」

だれの命を受けたものかは、きっと探りあてて見せますと言った後、辰吉も仕方なさそうにわらった。

「佐伯さまの婿殿に納まっては、ますます忙しくなるってことですぜ」

そのとき襖が開いて、料理を盛りあげた大皿を捧げたツルを従えて、ぬいと静江が現れた。

「ご相伴《しょうばん》させていただきます」

ぬいが、きまじめな顔でそう言った。

千代は疲れて臥《ふ》せったという。

「お父上は？」

「狸《たぬき》寝入りでもしているのでございましょう」

膝小僧をそろえて座りなおした辰吉に、ぬいはいつものゆったりした言いかたで声をかけた。

「そなたの腕は、茜屋の料理人にもひけをとりませぬな」

おやっと思う。茜屋とは、いま男たちが声をひそめて話題にしていた料亭である。それを口にしたのが偶然なのか、それとも襖の陰で耳をそばたてていたのかは、悠然と構えているぬいの顔からは読み取れない。おなごを甘く見るなと言った藤之介のことばを、玄太は思い出す。

（この女、存外のタヌキなのかもしれぬな……）

「ぬいさま、からかわないでおくんなせえ。あっしは、漁師あがりの素人でござんす」

辰吉の言いぶりも、あわて気味だった。

すばやく目配せをした佐市が言った。

「新郎新婦が顔をそろえて、すまぶりに付き合ってくれるとはいたみいる。辰吉、改めてかための盃を見届けることとし、いとまいたすことにしよう」

静江が膝を進めた。

「ぬいどの、そうなさいまし。不調法な言い方かもしれぬが、さきほどの祝言の座は、わたしにもしっくりいきませぬ。玄太もこの佐市も、おんなの目から見れば危なっかしい男でございます。辰吉も忠義者でございますが、所詮は男でございます。今後、首根っこを押さえるためにも、わたしが見届けますゆえ、改めて盃を交わしてくださいませ」

静江にうながされたツルが、いかにも嬉しそうに、玄太とぬいの盃に酒を満たした。

剣にかけては天才の佐市も、静江には頭が上がらない。首をすくめて横を向いている。膝頭をわし摑みにして神妙に頭を垂れている辰吉だが、肩の辺りが笑いをこらえて小刻みにふるえている。

（なにも、佐伯家の女だけではないのだ。おなごというものは、目を血走らせている男どもの議論などは、鬱陶《うっとう》しい児戯《じぎ》にしか見えないのかもしれない……）

作法に則った三三九度の盃を飲み干しながら、玄太の気分はますます滅入っていった。佐伯家を継ぐことのおそろしさを、改めて思い知らされる気がする。

ふと、玄太は神崎伊織のことを思い浮かべた。

（あやつも、この重荷を背負っているのかもしれぬ……）

そう思えば、あの高慢な顔も、これまでとは違った目で見えてくる。

ツルが、手をついて深々と頭を下げた。

「旦那さま、おめでとうございます。ツルはうれしいでございます」

静江を弥勒《みろく》様と言い、玄太を救いの神と信じているツルは、まだ本当の女にはなっていないのだろう。今宵、玄太の気が和《なご》んだのは、このときだけだ。

第二章　春の闇

一

佐伯藤之介の朝食は、粥《かゆ》ということになっている。十年ほどまえに、夜中に突然腹病みを起こしたことがあったとかで、それ以来、千代がそう決めたらしい。

ぬいがこっそり教えてくれた。藤之介が好きなのは強飯《こわめし》で、わけても、ユリ根を混ぜた「ユリ蒸かし」が好物だとか。なにかと口実を構えて、ひとりで夕食を自分の部屋でとりたがるのは、作法に口やかましい千代を避けるためばかりではなく、老僕《ろうぼく》の利助《りすけ》に命じてこうしたものを運ばせているからだという。

そういえば、利助の小屋に大鍋や蒸籠《せいろう》のようなものがあるのを、玄太も見たことがある。ユリ根もあったし甘酒の瓶《かめ》もあった。利助の自前の食料かと思っていたが、そうではなかったのだ。

「母上は、そのことを知っておられるのか」

「薄々は、勘づいておられるでしょう」

素っ気ない言い方だった。

祝言から、三月ほど経っている。それまでも部屋を与えられていたが、客分として扱われたことはない。利助の手伝いで薪割《まきわ》りをしたり、庭の手入れもさせられた。

しかしいま、正式に佐伯家の者になってみると、これまで気づかずにいたものがいろいろ見えてくる。おっとりした見かけによらず、ぬいの内側に潜むなかなかに鋭いものに気づいたのも、連れ添うたればこそである。

夕食の席で藤之介と顔を合わせることはめったにないが、朝食のときは向かい合わせに膳が据えられる。千代が藤之介の側に控え、ぬいが玄太の脇に侍《はべ》ることになる。まさか粥のせいでもあるまいが、藤之介はいつもしぶい顔をしている。

その朝、小鉢の佃煮《つくだに》をつつき回して千代にたしなめられていた藤之介は、粥をすり終えると玄太に語りかけた。

「古林どのがそなたに会いたいといっておった。いずれ、使いの者をよこすだろう」

玄太は、箸《はし》を置いた。

「いかなる御用向きでございましょうか」

「そなたになにか役を与える気で、望みを確かめる気であろう。意外にあの男、マメなところを見せおる」

秋野主膳が、格別の才がないといわれながらも長年にわたって藩政を牛耳《ぎゅうじ》り、強力な派閥の力を維持してきたのは、目配り気配りの利く人心掌握術によるといわれている。

切れ者といわれながらも、佐伯藤之介が藩政を掌握しきれないのは、人付き合いを面倒くさがる気質、ありていに言えばものぐさな気質が災いしているというのが、家中の大方の見方らしい。

しかし、その面倒くさがりが、難題を解決することもある。

岩見藩二万八千石は、五十万石の大藩津濃藩の支藩として藩祖以来何代にもわたって遇《ぐう》せられてきた。江戸城内においてもそうだし、津濃藩の執政者たちにも岩見藩の重臣たちの間にも、それを当然とする向きがあった。

津濃藩の城下に役宅を与えられる「お留守居役」は、表向きは正月や冠婚葬祭時の儀礼的交際を取り仕切る職務であるが、内実は両藩の間に立って連絡役と交渉役を任される大役、津濃藩の執政者を相手に、利害がからみ体面がからみ、失態は切腹で償わなければならない重責である。事実、腹を切った者もいるし気うつが高じて職を辞した者もいたという。

藤之介がその役を勤めたのは、まだ三十代半ばであったが、彼が初めに手を着けたのは、節句ごとの挨拶とそれに伴う贈品献上のしきたりの廃止を津濃藩に求め、了承をとりつけたことであったという。藩祖以来のしきたりの廃止に異を唱えたのは、津濃藩がわよりも、むしろ家中の重臣たちであったらしい。

守旧派の重臣たちの意見の底には、本家に対する忠節心というより後ろ楯《だて》を失う不安があったのだが、当節、血筋がどうので利害抜きで庇護《ひご》に乗り出す藩などあるはずはないと述べ立て、藤之介は押し切ったのだ。藤之介の主張をもっともとし、賛意を示されたのが先代の殿であったという。

おかげで、出費のかさむ儀礼的な付き合いが大幅に減った上、本家と分家の上下関係を薄めるきっかけともなった。津濃藩にしても、血の繋がりなどすでに薄まっている小藩を、分家ということで立てなければならぬ煩《わずら》わしさがあったはずだが、親戚付き合いの破棄は言い出しにくいもので、藤之介はこうした相手の思惑につけ込んだことになる。

この辺りの事情を、玄太に解きあかしてくれたのは古林善十郎だった。

「さすがカマイタチどの、眼力に狂いはござらなかった」

表高よりは内証がいいとされる分家に、家の威をちらつかせてなにかと出費を求めてくるだけではなく、藩境の境界線の見直しまで迫っていた津濃藩の魂胆を、藤之介が見抜いていたからだという。

余計なものを無駄として省くところは、藤之介の日常の暮らしぶりの中にもたしかにある。千代の憤懣《ふんまん》は、作法に疎いという表面的なことではなく、合理性と裏腹の、こうした藤之介のものぐさな性格に向けてのものだということが、玄太にもわかりかけてきた。

よほどの暗愚《あんぐ》か、格別の才でもあればともかく、岩見藩にあっては家格も役職も世襲の形をとるのが建前である。いずれは玄太が藤之介の役を受け継ぐことになるが、それは藤之介が引退してからのこととなる。しかし、上士の跡継ぎは、代替わりまでにいろんな役職を経験することが、通例となっている。どのような役職が後々のためによいかは当主が勘案すべきことだが、藤之介はこれまで、そのことに触れたことはなかった。

「ま、古林どのが骨を折ってくれるなら、そなたも望みを率直に申し述べたらよかろう」

なにか言いかける千代の口を封じるように、藤之介はそう言った。

部屋に下がる玄太に、ぬいがついてきた。

「今日は、どこかにお出かけになられますか」

「土屋道場で、すこし汗を流そうと思っている」

「お帰りは？」

「佐市と会えば遅くなるかもしれぬが、夕食までにはもどる」

わかりましたと答えたぬいは、背後に回って玄太の着替えを手伝ってくれた。新妻の初々しい恥じらいのようなものもないが、玄太が漠然と想像し、覚悟も決めていた家付き娘のわがままなところがあるわけでもない。静江に言わせると、ぬいはなかなかの世話女房ということになる。

前に回って襟《えり》を整えてくれながら、ぬいは言った。

「で、どうなさるおつもりですか」

前後の脈絡《みゃくらく》を欠くふいの切り出し方は、父藤之介によく似ている。

「なんのことだ」

「古林さまに問われた場合、どのようなお役をお望みですか」

「これと、考えたことはないが」

殿の意として、江戸屋敷詰めを古林中老から藤之介に伝えられたらしいが、藤之介はそのことを玄太に言わなかった。その事実があったことは、千代が古林の奥方から聞いて知ったことである。玄太は江戸詰めを望んでいたわけではないし、千代がいきりたつほど残念には思っていない。

「わたくしにも、これという望みはございませぬが、しばらく、この屋敷を離れてみとうございます」

「郷方勤《ごうかたづと》めでもよいというのか」

「はい」

「そなたがこの屋敷を離れては、母上がさびしかろう」

「なに、かまいませぬ」

ぬいの引き結んだ口許には、いつもの愛嬌味《あいきょうみ》はなかった。父親や母親を微妙に突き放すこうした言い方も、玄太は最近になって気づいている。

結婚初夜の直前に、玄太が藤之介から言い渡されたことが、ぬいもまた千代から言い渡されているのかとも思うが、それを問いただすことは玄太にはできなかった。

（この女も、鎧の間のご先祖さまに見張られることにうんざりしておるのだろう……）

玄太は、ぬいに見送られて門を出た。

玄太の毎日にさほどの変化はない。下僕の利助は、「浦辺さま」から「若殿」と呼び方を変えただけで、さすがに畑仕事や薪割りを命じることはないが、物腰に格別の変化はなかった。

青沼作次も、廊下ですれ違うときに一歩退いて頭を下げるようになったが、その他に変わるところはなかった。

玄太が担っていた力仕事の肩代わりをしたのは弥助だった。百姓に生まれついただけあって、土の扱いが身についていると利助は言っている。きびきびとした若者の動きに千代も満足顔だった。

ときには台所で包丁を握ったり、青沼に稽古をつけてもらったりもしているが、江戸から連れ帰ったころにくらべると体がふたまわりほど大きくなり、剣の筋もいい。百姓になる気はないようだ。

弥助にしろ七つ浜のツルにしろ、幼いうちから、泣いたところで詮のない世の中の怖さを思い知らされながら、健気に生きようとしている者たちだ。そんなふたりが若芽のように日に日に成長していくのを見ていると、好ましさとは別に、ある種の焦りを覚えることが、玄太にはある。

登城する勤番侍と顔を合わせるのを避けて、玄太は川原沿いの裏道を行った。日陰にはまだ雪が残っているが、路上は乾いていた。心なしか風に温みが感じられる。

静江を娶《めと》った後、日下佐市は大目付の草壁平助に取り立てられ、大目付方の組屋敷に移っている。表向きは大目付方役人だが、詰所に顔を出すわけではなく、剣の腕がものを言う緊急事態が出番ということらしい。

大目付配下の肩書となれば、藤之介の密命を受けて、名を伏せ家中であることさえ伏せて闇の中を駆け回っていたこれまでの仕事とは、おのずと違ったものになる。

万が一、だれかの手にかかって死んだとしても、闇に葬られることはあるまい。それだけに責任も重くなり、失敗は許されないことになろう。

十日ほど前に会った佐市は、いくらか肥えて目の陰りが消えていた。血色もよかった。肌に染みついていた「血の匂い」が少しずつ消えているのだろう。

それを、剣士としての堕落と断ずる気は、玄太にはない。人斬りはもう御免だと言っていた佐市だが、いずれ修羅場に足を踏み入れざるを得ないのだ。

佐市は草壁道場の門弟となっているが、草壁道場には稽古場があるわけではない。稽古場は庭の木立の中であったり軒下であったり、ときには草壁平助の居間であったりもするのだという。いまのところ門弟は佐市ひとり、草壁平助が稽古の相手をしてくれることがなくなったいま、土屋道場に出かけて汗を流すしかないのだ。

草壁の門……。

これを潜ることが若手剣士の憧れではある。門弟は二年か三年の間にひとりか、せいぜいふたり引き抜かれるだけで、それがそのまま立身出世につながるものでもない。

表沙汰にはできない藩政の闇の部分に身を置くことになり、家族にも真相を明かされぬままに死を遂げた者もいるし、藩を離れざるを得なくなった者もいる。あげくに身を持ち崩し、外道《げどう》に堕《お》ちた者がいることも、玄太は知っている。

脱藩騒ぎを起こした佐市にしても、狂熱をかりたてたものの正体は、父の仇討ちという正義の情熱よりも、むしろ、人倫も道義も通用しない虚無感の中で、必死に人間であることを取りもどしたかったのであろうと、玄太は見ている。（静江の支えがなかったら、佐市もまた外道に堕ちるしかなかったのかもしれない）

川沿いの道から城前《しろまえ》堀を渡って御徒士《おかち》町に入り、玄太は実家に立ち寄った。内川《うちかわ》に沿った普請《ふしん》組《ぐみ》の組屋敷は、同じ造りの家が並んでいる。家屋の大きさのわりには庭が広く、どの家も手入れの行き届いた小さな畑を持っている。実家の畑も粗耕《あらたがや》しを終えたばかりらしく、湿った黒土が陽にさらされていた。

隣家の畑は手つかずのままだった。佐市が新しい役宅に越していった後、無人のままらしい。子どものころから生け垣を乗り越えてしょっちゅう出入りしていた家だけに、蟬《せみ》の脱け殻を見るようなわびしい気がしてくる。

東吾が庭に出ていた。しゃがみこんで、子細《しさい》らしく顎《あご》に手をやっている東吾の前にあるのは、三尺四方ほどある浅い木箱に土を盛り入れた、いわゆる箱庭《はこにわ》だった。

玄太の挨拶に「おお」とうなずいた東吾は、すぐに箱庭に目をもどした。

これがただの箱庭でないことは、玄太は子どものころから知っている。架橋工事や堰堤《えんてい》修復、疎水《そすい》掘削《くっさく》に取りかかる前に、東吾はかならず正確な縮尺地形を、箱庭で作ってみるのだ。

「なにか、工事が始まるのですか」

「すぐにでも手をつけねばならぬのだが、上の方の意見がまとまらぬらしい」

東吾は箱庭の中の盛り上がりや窪みを指して、ひとつひとつ説明した。

「八つ手沼《やつでぬま》の干拓地だが、どうも水はけが悪い」

八つ手沼干拓は水門工事に手間取り、藩の財政を危うくさせた難事業であった。工事が難航した裏には、いまだに真相をつかみきれない大きな闇の部分がある。

水門工事の現場役人であった佐市の父孫右衛門は、役を解かれた後しばらくして、水門で溺死体となって発見された。泥酔した孫右衛門を誘って突き落としたと見られる男は、その後藪《やぶ》の中で首吊り死体となって発見されている。縊《い》死《し》と見せかけた男を陰で指示したのが、神崎伊織の用人、堀田圭六であった。それがために、佐市は藩命を無視して堀田を斬ったのだ。

堀田圭六のやったことに、神崎伊織の意が働いていたのか、それとも堀田を動かしていたのは津濃藩であったのかは、いまだに謎のまま残っている。

もともと八つ手沼の干拓は神崎伊織が言い出したことで、秋野家老が反対意見を封じて強行した事業であった。要《かなめ》の部分である水門工事が大幅に遅れ、賦役に駆り出される農民が悲鳴をあげるほどになっていた。

急遽《きゅうきょ》工事監督に抜擢《ばってき》されたのが浦辺東吾で、工法の見直しや資材の点検から始め、人夫や職人を督励してやり遂げた経緯がある。領民に信望の厚い浦辺東吾だからこそなし得たことだと、高く評価されていた。

「水はけが悪いとなれば、干拓は失敗ということでしょうか」

「そうとは言い切れんが……」

東吾は箱庭の土に、棒切れで筋をつけた。

「この辺りに川床があったはずだ。いまいちど掘り起こして水路にし、水を荒《あら》瀬《せ》川に逃がしてやる手がある」

立ち上がった東吾は腰をのばし、遠くを指さした。

「あれが、福の神にも疫病神《やくびょうがみ》にもなる」

東吾の指す藩境の山並みは、まだ雪に覆われていた。山頂の辺りが輝いている。

八つ手沼とは、春先の水芭蕉《みずばしょう》、夏の蛍《ほたる》で話題になるだけの、山裾に広がる湿地であった。水が枯れる時期に、葉脈のようにいく筋かの流れが残ることから八つ手と呼ばれてきたのだ。

　この地の水を抜いて開拓地にする計画が持ち上がったとき、地元の百姓の間に反対の動きがあったらしい。この沼が山から流れ出す春先の雪解け水を持ちこたえてくれるから、荒瀬川の氾濫が防げるのだというのが言い分だった。

　いまひとつ、地下にしみ込んだ水が、遠く離れたあちこちで地表に湧《わ》き水として現れ、それが周辺の村々の暮らしを支えているのだとも。干拓が進むにつれ、いくつかの湧き水が枯れたのは本当だった。

「百姓の言い分は正しかったのだ。水を溜め、適宜《てきぎ》に小出ししてくれた大きな水瓶《みずがめ》に、蓋《ふた》をしてしまったことになる」

　蓋にあたる地表に網の目のように水路を造り、流れを荒瀬川に誘導するのが干拓事業の根幹だが、春先の大量の雪解け水を、水門の開閉だけではさばききれないと、東吾は見ているらしい。

「川床に沿って、太い水路を造るしかあるまい」

　東吾は腕を組んだ。水路の深さと幅が問題だという。

「あの山並みの雪をさばくとしたら、途方もない水量となろう。それで、いま仙之助の助けを借りて、大まかな水の量をつかもうとしておるのじゃ。仙之助は土木工事の経験はなくとも、数量の割り出しにかけては、なかなかの才を持っておる」

これまでにも、東吾が手掛けた仕事で、掘削の深さとか運び出す土の量など算出してもらい、人夫の割り当てや所要日数の無駄が省けたのだという。

「兄上は、いま家に？」

「いや、納戸方《なんどかた》に用があるとかで、遅くなるといっておった」

子どものころ、「喧嘩玄太」と呼ばれていた弟との比較で、「浦辺の賢兄《けんけい》」と言われていた仙之助である。剣の腕はそこそこであったが、藩校では個室を与えられる「舎生《しゃせい》」まで進んだ秀才である。

おそらく父東吾の影響によるのだろうが、大工の用いる曲尺《かねじゃく》に興味を持ったのが始まりで、仙之助の秀才ぶりは学問の本流である経書の読解とは別のところ、算術の分野で発揮されているのだ。

子どものころから肌の合わない兄で、ひょんな縁から玄太が佐伯屋敷に出入りするようになったとき、藩内の動きを慎重に見定めていた仙之助から、軽挙《けいきょ》妄動《もうどう》を慎めと諫《いさ》められたことがある。反発を覚えたものの、浦辺家を守ることを第一義と考えなければならぬ長兄の立場が、いまにして玄太にもわかってきている。

きみ江が、玄関口から顔を出した。

「なんじゃ、佐伯家の婿どのが庭先で立ち話とは」

蕗《ふき》の薹《とう》が手に入ったから、これからお屋敷に届けようと思っていたところだと、きみ江は肉付きのいい胸を張って言った。

「母上、お元気そうですな」

「静江にいなくなられて仕事が増えたが、体を動かしていたほうが体によいようじゃ」

「お年ゆえ、あまり無理をなされますな。力仕事なら、弥助をよこしますゆえ」

「なにを言うか、さんざん手こずらせたそなたをぬいどのに引き取ってもらい、静江も片づいてほっとしているところじゃ」

それに、と言いかけてきみ江は東吾の顔を見た。

「仙之助の嫁も決まったゆえ、後は東吾どのに一日も早く隠居してもらい、ふたりで温泉でもまわって、ゆったりと暮らす気でおるのじゃ」

「兄上に嫁御《よめご》と？」

「そうじゃ。手数のかかるおまえもいなくなり、小姑《こじゅうと》になる静江も片づいたからには、仙之助も安心して嫁を迎えることができるのじゃ」

「ほう、で、相手のむすめ御は」

手桶《ておけ》の水で手を洗っていた東吾が、振り向いて言った。

「そなたも顔を知っておろう。ほれ、祝儀の席に来てくれた久保田清助どのの、二番目のむすめじゃ」

肩をいからせ、藤村をにらみつけるようにしていた小柄な老人を、玄太は思い出した。硬骨漢《こうこつかん》として知られた人物である。

「おやじどのは強情者だが、むすめは気立てのよい働き者じゃ」

あとは、孫が生まれてくれれば浦辺家は安泰じゃと、東吾は嬉しそうであった。

久しぶりに母の手料理を食べていけというきみ江の誘いに、また来ると言って玄太は浦辺の家を出た。門を出しなに、玄太はもういちど垣根越しに隣の空き家に目をやった。

土屋道場に向かう途中、玄太の胸には複雑な感慨があった。

できのよい「浦辺の賢兄」仙之助が、ありあまる才を持ちながら小禄三十石の家を継ぐことになる。「愚弟《ぐてい》」と陰口されて、武士身分を捨てようとまで思ったじぶんが、いずれは藩の執政職にまで上り詰めることになる。

気立てのよい妻を娶り、貧しいながらも堅実で平穏な暮らし……。

血の気の多い若手と違って何事にも慎重なところのある仙之助に、以前は反発も感じ軽侮《けいぶ》の念すら覚えた玄太だが、自負心を封印して父東吾の歩んだ道に踏み出そうとしている「賢兄」に、いまとなっては羨望《せんぼう》すら覚える。

二

佐市は道場に来ておらず、若手にせがまれてしばらく稽古相手をしてやってから、玄太は家にもどった。

ぬいは、縫い物を持ち出して針仕事をしていた。

「町で、藤村さまとお会いしました」

静江と連れ立って買い物をしていたとき、声をかけられたのだという。

藤村は、玄太には好きになれない男だ。

「なにか、話でもしたのか」

「はい、お祝いの言葉をいただきました」

「祝いだと」

「はい、あなたさまが、古林さまのお引き立てで、大層なお役に就かれるとお聞きおよびとかで」

藤村は玄太より二つか三つ上、土屋道場では兄弟子にあたる。玄太と同じ下士の子弟であったが、少年のころから上士の子弟のとりまきであった。そのころの上士の子弟の顔ぶれには佐野《さの》や熊谷がいる。いずれも秋野派の重鎮と見なされている家の子だった。

剣の腕はからきしだったが、藤村は情報通で小才が利くところから、仲間うちでは重宝がられていたらしい。下士の子が上士の子に遠慮がちになるのはいたしかたないにしても、阿諛追従《あゆついしょう》となれば話は違う。

あのころ、家柄を鼻にかける上士の子に反発していた玄太や佐市には、藤村は胸糞《むなくそ》悪い男だったのである。

祝言の宴席に、父親の代わりに顔を見せていたことは知っているが、親しく言葉を交わす相手ではない。

どこからそのような噂を仕入れてきたか知らぬが、町で見かけたぬいに声をかけてまで祝いを述べる藤村が、玄太には不愉快だった。

「根も葉もないことを」

「わたしも、そう申しました」

「ほかに、なにか言っておったか」

「いちど、お会いしたいとか」

兄の仙之助は、弟が佐伯家の者となった以上、佐伯派とみなされて仕方のない立場でありながら、旗幟《きし》を鮮明にしようとはしない。秋野派に与するわけでもない。どちらとも等距離を置く姿勢を貫く気でいるらしい。

浦辺家を継ぐ者としての慎重さのせいばかりではなく、弟の縁で出世しようなどとは思わない、誇りの高さと潔さが仙之助にはある。

とはいえ、玄太は子どものころから、一石一俵の家禄の増減に一喜一憂する貧乏士分を見てきている。士分といえども貧乏暮らしは耐えがたいものだ。

そこから抜け出すためにいかなる機会をも逃すまいとする藤村を非難するのは、これは傲慢《ごうまん》ではないかとの自省も、なくはない。

玄太の苦い気持ちを察してか、ぬいは話題を変えた。

静江から、仙之助の縁談を聞いたという。またひとり姉が増えると、ぬいは嬉しそうだった。

このおおらかさと、とんでもないことを言ってのける激しさとは同根のものなのか、玄太にはまだわからない。

藤村と会ったのは、三日後だった。

佐市に会えるかと土屋道場を訪ねたが、佐市はいなかった。稽古をする気はなく帰ろうとしたとき、壁際から「おう」と声をあげて立ち上がったのが藤村だった。

「貴公《きこう》がときおり顔を見せると聞いて、待っておった。ここで立ち話もなんだから、すこし付き合ってもらえんか」

剣の腕はともかく、形の上では兄弟子である。玄太には噂の出どこを知りたい気持ちもあった。この薄気味の悪いほどの情報通の耳には、ほかにもなにか入っているのかもしれない。

玄太は、藤村に従って道場を出た。

「もう、すっかり春だ。これから忙しくなる」

肩を並べて歩きながら、藤村はそんなことを言った。

「貴公の父上の発案で、八つ手沼で大きな事業が始まると聞いておるが、貴公は父上からなにか聞いておらぬか」

　東吾が首をひねっていた箱庭を思い出したが、まだ本決まりとは聞いていない。

「なにも、聞いておらぬ」

「そうか」

　藤村には、それ以上詮索する気はなさそうだった。

「工事が始まれば、わしら普請組の下役は、朝から晩まで陽射しや雨風にさらされることになる。つくづく城勤めが羨ましいわ」

　町人町に入り、藤村は茶店の前で足を止めた。

「貴公、草餅《くさもち》でも食わんか」

　そろそろよもぎの若芽が出るころで、子どものころから玄太には、これが季節の楽しみであった。浦辺の家では季節折々に旬《しゅん》のものが食卓に出たが、佐伯の家ではそうしたことはない。

「よかろう。付き合おう」

「貴公、甘党でござったか」

「酒も飲むが、どちらかと言えばそんなところだ」

「覚えておこう」

藤村は重職の面々の食べ物の好み、妙な癖、囲い女の名まで知っているといわれている。そんな頭の中の覚え書きの中に、一行書き加えられることは、いい気がしない。

草餅と熱い茶が運ばれてきた。手をのばすまえに、玄太は、こちらから切り出した。

「家内から聞いたが、根も葉もないことを言われてもこまる」

藤村は、いやな笑いを浮かべた。

「おとぼけめさるな」

「とぼけてなぞおらぬ」

「古林中老から、お声がかりがあったことは事実でござろうが」

朝食の席で藤之介に言われたことが、この男の耳にすでに入っている。まさか縁の下や天井裏にもぐり込んで盗み聞きしたわけでもあるまいから、やはり気味の悪い男である。

意外にマメな古林善十郎が、秋野家老と対抗するために自派の強化を図っているとすれば、目をつけたのは玄太ひとりだけではあるまい。玄太は訊ねてみた。

「藤村どのにも、なにか話が来ておられるのか」

藤村は首を振った。

「来ておらぬ。どうも拙者は秋野派と見なされておるようじゃ」

「藤村どのは、そうではなかったのか」

皮肉を込めた言い方に、藤村は、いやいやと真顔で手を振った。

「子どものころから、佐野や熊谷の仲間と見なされておったが、内実はそうではない。彼らはそれがしの早耳を利用していただけだし、それがしとて、心を許していたわけではない。貴公や日下どののように、上士の子弟にたてつくほどの性根も腕もなかったし、父の直接の上司が佐野の父親であったこともある」

藤村の耳のあたりが赤くなっていた。いやなやつだと思ってきたが、存外正直な男なのかも知れない。

小女に新しい茶を持って来させてから、藤村は声を落とした。

「それがしは、貴公も存じておるように剣の腕はない。貴公の兄上のような格別の才もない。だが、使いようによっては、ずいぶんと役に立つ男と自負しておる」

「……」

「貴公の宴席で、古林中老にもあえて開陳させてもらったが、いまわが藩に欠けておるものはなにか、改革すべき点はなにか、いささかの私案も持っておる。古林さまはうなずいておられた」

玄太も、あいまいにうなずくしかなかった。膝を進めた藤村の目には、懸命の色があった。

「貴公、伯楽《はくらく》の故事《こじ》を知っておろうな」

「いささか存じておる」

「それがしは、千里《せんり》の名馬とまでは売り込む気はござらぬが、駑馬《どば》ではござらぬ」

手をのばした藤村は、玄太の腕をつかんだ。

「それがしを、古林さまに推輓《すいばん》してくださらぬか」

「つまり、それがしに伯楽の役をせよと」

「貴公のほかに、その役を頼める者はおらぬのじゃ」

殿のお声がかりで、一枚岩の秋野派に亀裂が生じたかに見えるいまが、売り込むには絶好の機会とみたらしい。その抜け目のなさを責める気は、玄太にはない。

かといって、藤村の頼みを聞いてやる立場ではない。

「それがし、いまはまだ部屋住の身分、貴殿を推薦する立場にはないのだが」

「それはわかっておる。ただ、古林さまとの面談のおり、それがしの名をちらっとでも口にしてもらえば、それでいいのだ」

頼むと、藤村は草餅の皿を押し退けて、両手をついた。

江戸にいたころ、商人たちの泣き落とし、こけ威しの類の手口を見ている。売り手と買い手のしたたかな駆け引きには、腕の見せ所とばかりのせめぎ合いがあり、それを楽しんでいる風さえあった。

草餅のきな粉を口のまわりにつけたままの、なりふりかまわぬ藤村の態度に、玄太は改めて軽格武士の悲哀を感じる。

「手を上げてくだされ」

やりきれない気分だった。

「約束できる立場ではござらぬ。だが、万が一そうした機会が与えられるのなら、貴殿の言葉、頭の隅に入れておくゆえ」

藤村の顔に、みるみる喜色が表れた。

「恩に着る。貴公のご高配《こうはい》、終生忘れはせぬ」

茶店を出て、別れしなに玄太は藤村の名を確かめた。子どものころは、どういうわけか姓で呼ばれる者と名で呼ばれる者がいる。玄太の通り名は「喧嘩玄太」だったし、佐市も日下は省かれて、佐市で通っていた。上士の子弟は姓で呼ばれることが多かったが、軽格の藤村が名で呼ばれることがなかったのは、あるいは藤村が、そのように仕向けていたからなのかもしれない。

藤村は、屈折した苦笑いを浮かべた。

「頼朝《よりとも》、つまり鎌倉殿《かまくらどの》の棟梁《とうりよう》の名でござる」

名前負けということがあるが、この大きな名が、藤村の焦りの因となっているのかもしれない。

屋敷の方に来るようにと、古林中老からの招きがあったのは、それから数日後だった。

藤之介は、ああ、そうかと言っただけで、さほどの関心も示さなかった。

玄太を迎えた善之助は、せかせかした口調で言った。

「江戸詰めは、やはり気にそまぬのか」

「それがしの肌に合いませぬ」

「それでは、城勤めがよいか」

「いや、あえて申せば、郷方が合っておるかと」

城下にいれば藤村のように言い寄ってくる者が、これからも出てくるだろう。江戸詰めとなれば、古林与一郎や黒部鉄十《くろべてつじゅう》がいるにしても、あそこは秋野派の巣窟《そうくつ》のようなもの。どこから手裏剣が飛んでくるかわからない所だ。しばらくは士分と交わらずにすむ所にいたかった。

いまひとつ、これはぼんやりした熱の塊のようなものであるが、じぶんでもよくわからぬ流れに乗せられて動くのではなく、じぶんの目で見、じぶんの頭で判断して行動しなければ、いつまで経っても独り立ちできないのだという、焦りのようなものもあった。

「七つ浜の奉行所を望んでおられるか」

「いえ、できれば海よりは山をと」

ぬいが、ひそかに七つ浜を願っていることはわかっているが、いろんな因縁の糸がもつれ合っているあの地からも、しばらく遠ざかっていたかった。

ほう、と善之助は目を丸くしてみせた。

「そなた、まさしく浦辺東吾どのの血を、まっすぐに受け継いでおるな」

善之助は手を叩いて奥方を呼び、茶をいれかえるように言いつけた。

「お決まりでございますか」

奥方は、玄太と善之助の顔を見比べながら言った。

「欲がないというか、偏屈《へんくつ》というか、郷方勤めが望みじゃそうだ」

善之助の苦笑まじりの言い方に、奥方は手の甲を口に当てて笑った。

「よいではございませんか。どのような経験をも肥やしに変えて、大きくなられるご器量なのでございますよ」

辞去する間際に、玄太は藤村の名を持ち出した。

「土屋道場の兄弟子で、特異な才の持ち主でございます」

「特異な才とは？」

「目と耳、それに鼻がよく利く男と見ておりますが」

「名は、なんという」

「それがしの婚礼の席にも出ておった、藤村頼朝でございます」

「おお、あのなにやら力んでおった男じゃな。それにしても、頼朝とはたいそうな名じゃな」

「いかにも」

「薦《すす》めるからには、いずれそなたの盟友となる男と見てよいのか」

「さようなことは、毛頭も考えてはおりませぬ」

わかったと、善之助はうなずいた。

濃い闇の中から、花の香りが流れてくる。この辺りは上士の屋敷が多く、長い塀が続く。塀がとぎれたところで、玄太は提灯《ちょうちん》を下げて送ってきた下僕を帰した。足元を照らしていた灯がなくなると、かえって、闇の底にぼんやりと道筋が浮かびあがってくる。

闇空は雨雲にでも覆われているのか、空気が生暖かい。

玄太は、まっすぐ佐伯の屋敷にもどる気にはなれなかった。千代が喜ばないことは、目に見えていたからである。

(佐市の家に寄ってみるか……)

しばらく佐市と会っていなかった。郷方勤めを希望したこと、その理由を伝えておきたかった。

「なんじゃ、玄太か」

手燭《てしょく》を掲げて玄関口に出てきた静江が、驚いた顔を見せた。

「こんな遅くに何事じゃ。佐伯家になにかあったのか」

静江の後ろから、佐市が顔を出した。

「佐伯さまの使いか」

「そうじゃない。おまえの顔が急に見たくなって、立ち寄ってみたまでだ」

「どこかの帰りか」

「古林さまの屋敷に呼ばれて、その帰りだ」

部屋に上がり、仕官の口を斡旋《あっせん》されたことを佐市に話していると、台所に引っ込んでいた静江が酒肴《しゅこう》の膳を運んできた。

「わたしは、席を外した方が良いのか」

「静姉《しずねえ》にも、聞いてもらいたい」

「そうか」

襷をはずした静江は、ふたりを等分に見る場所に座った。子どものころ、ふたりが喧嘩をして帰ってきたとき、このように並べられて叱られたことを思い出す。佐市も同じことを思い出したらしく、くすぐったい顔をして盃を口に運びながら言った。

「玄太は、郷方勤めを望んだそうだ」

「それは、ぬいどのも同意の上か」

「まあな、しばらく屋敷を離れていたいと言っておったから」

静江の前に座ると、どうしても言い訳じみた言い方になってしまう。

「それでは、お屋敷からの通い勤めではなく、ぬいどのも任地に同行するというのか」

「そういうことになろう」

郷方といってもいろいろある。七つ浜奉行所もそのひとつだが、農村地帯の代官所勤め、山林の見回り役、宿場役人、関番所役人、藩境の警備役、所属する司は違っても、いずれも郷方でくくられる。

玄太が漠然と願っていたのは、津濃藩との藩境にあたる山稜《さんりょう》の番所勤めだった。さしたる理由はない。渓流でヤマメを釣り、山に分け入って鳥の巣を探し、自然薯《じねんじょ》を掘ったりする暮らしが懐かしかったのだ。

いずれそうした暮らしは許されなくなる、いまのうちだけだ、そんな気持ちがあってのことだ。

昔から、すぐさま弟の肚の裡《うち》を見抜く静江である。

「玄太、そなたも疲れたのじゃな。まあ、よい。わたしとて、佐市がそうしてくれればありがたいと思っておるのじゃ」

そのとき、奥の方から弱い咳《せき》が聞こえてきた。佐市の母だろう。気の病がある人だが、足が弱って出歩くことがなくなったと聞いていた。静江はすぐに立ち上がった。

薬湯《やくとう》の土瓶《どびん》を持って静江が出ていくと、うつむいていた佐市が、顔をあげた。

「玄太、番所勤めは、おまえが思うほど気楽ではないはずだ」

「人の放ついやなにおい、血のにおいを嗅《か》がずにすむだけ、ましだろう」

「それは、どうかな」

山奥の荒れ寺で公儀の密偵と斬り合い、瀕死《ひんし》の重傷を負ったことがある佐市である。炭焼き小屋に担ぎ込まれたときのことを、思い出したのかもしれない。

佐市はいやな思い出を追い出すかのように、小さく首を振った。

「酒がまずくなるような話はよそう」

立ち上がった佐市は、納戸から持ち出してきたものを玄太の前に置いた。

「仕官祝いといってはなんだが、おまえにやろう」

二尺ほどの竹筒だった。東吾が道楽半分に作る繋ぎ竿《ざお》に似ているが、握り太で頑丈な作りになっている。佐市が慣れた手つきで端を捻《ひね》ると、中からひと回り細い竹筒が出てきて、その中からもさらに細い竹で出てきた。最後に出てきたいちばん細いやつは、鯨の髭《ひげ》かなにかでできている。

「これは、釣り竿にも使えるし鳥刺《とりさ》しにも使えるが、ただの繋ぎ竿ではない」

佐市は、一本の竹筒を指した。

「吹き矢の筒だ。精巧に作られているからかなりの威力がある。こっちの方は、笛の作りになっているが人さまに聞かせる笛ではない。扱いをのみ込めば鳥を呼び集めることもできるし、山犬の遠吠えを真似ることもできる」

山犬の群れの居場所がわかるという。

「熊を近づけぬためにも、役に立つ」

山の見回りとなれば野宿をすることが多くなり、食べ物を得るためにも野獣から身を守るためにも、なにかと役に立つ代物だという。

扱い慣れた手つきからすれば、かつて佐市が身を置いた闇の世界は、町場だけではなかったということだ。

「おれにはもう用がないと思っていたが、おまえの役に立つとはな」

「ありがたくもらっておこう。山犬も熊もごめんだが、ヤマメを釣ってやる」

「玄太……」

佐市は深い目で玄太を見た。

「おまえも佐伯家の者になったからには、気ままな暮らしを諦《あきら》めることだな」

第三章　青猪《あおしし》番所

一

郡《こおり》奉行の詰所は薄暗い小さな部屋で、玄太はちょっと意外な気がした。ここでいいのだなと念を押すと、案内した坊主は、間違いございませんと慇懃《いんぎん》に頭をさげた。

郡奉行の権限の及ぶ地域は、農地から山林、海浜にいたるまで広汎《こうはん》である。下部の組織はいくつかの司《つかさ》に分かれているが、それを統括しているのが郡奉行、藩の財政を支える産業基盤にくまなく目を配る重職である。

家老などは木偶《でく》でも勤まる、郡奉行職の座にこそ逸材を据えるべきだとは、佐伯藤之介が常々言っていることだ。

正面に座っていたのが、郷方勤めから抜擢された片平左門《かたひらさもん》である。農政に精通している男だと、東吾が言っていた。これまでの奉行とはモノが違うとも言っていた。この役職にこだわった古林中老が、しぶる秋野家老に強く推《お》したと聞いている。日焼けした顔に皺《しわ》が深く、白髪も多いが、五十には間があると聞いてきた。

「ああ、待っておった」

玄太の挨拶をさえぎるように、片平は手をあげた。部屋の隅の机に向かって書類をめくっていた若侍は、ちらっと目をあげただけで、仕事の手を休めなかった。郷村のあちこちに詰所があるにしても、城勤めの役人が少なすぎる。城内では、郡方の職分そのものが軽く扱われているのかもしれない。

片平は風貌に似合わず、持って回った言い方をきらう能吏《のうり》型の人物らしい。

「貴殿のことは、古林さまから聞いておる。郷方勤めを望んでおるそうだな」

「仰せの通りでございます」

「なぜだ」

「はっ？」

「聞くところによると、江戸詰めを断ったそうだな。若いうちは江戸詰めを望むものだが、それを断り城勤めも望まぬということが不可解なのだ。言葉は悪いが、上げ膳を食わぬようなものではないのか」

真意を見極めようとする鋭いものが、片平の目の底にあった。

「はっきり申そう。貴殿は佐伯家の者、前途が約束されておる。いずれ城勤めにもどり、執政職に加わる身分だ」

片平は腕を組んで、胸を反らした。

「そのような御仁《ごじん》が、俗塵《ぞくじん》を避けたいとか風流心に誘われてとか、言ってみれば遊び心で郷方勤め望むのであればいかにも心外、遺憾《いかん》のきわみでござる」

剛直な口ぶりである。遊蕩三昧《ゆうとうざんまい》に飽きた道楽息子が、究極の遊びとして川原乞食の真似をすると聞いたことがある。家老家の婿が郷村勤めを望むのは、この手の不埒《ふらち》な軽薄さからくるのではなかろうかと、片平は疑ったのかもしれない。

「それがし」

玄太は、固い声になっていた。

「風流心など持ち合わせてはおらぬ。いささか、存念《ぞんねん》あってのことでござる」

これまでは神崎伊織に対する宿怨《しゅくえん》ゆえに、秋野派を敵視してきたといえる。佐伯藤之介の目を通して秋野主膳を見てきたせいもあった。子どものころ反発した上士の子弟は、古林与一郎を除けば、いずれも秋野派の重鎮の子であったことにもよる。

秋野派とはなんなのか、彼らが牛耳っている藩政の、どこに欠陥があるのか、それを、玄太はこれまで深く考えたことがなかった。

(これからはじぶんの目で見極め、じぶんの判断で行動する。江戸屋敷からも城からも離れていたいのは、それがためだ……)

片平の目がかすかに緩んだ。玄太の強い語調に、浮ついた心はないと判断したのであろう。

「存念を伺《うかが》おうと言いたいところだが、その強情顔では素直に言うとは思えんな」

片平は、書類をめくっていた若侍に声をかけた。

「前口《まえぐち》、たしか、青猪の番所に空きがあったな」

「はい、前任が老齢を理由に、引退を申し出ております」

「なんという男だ」

「国分喜三郎《こくぶきさぶろう》どの、六十二でございます」

「跡継ぎはおらんのか」

前口と呼ばれた若侍は、別の書類の綴りを持ち出し、なれた手つきでめくって指先で探していたが、ああこれですと、顔をあげた。

「城勤めをしておりましたが、四十を過ぎてから青猪の番所勤めになっております。妻女に死に別れた年となりますな。子どもはおりませぬ」

「そうか、六十を越えての山暮らしはきつかろう。城下に近い詰所に空きがないか、さがしてみてくれ」

片平は膝元にあった地図を、玄太の前に広げた。克明な領内の地図で、郡方の管轄する詰所のある場所が朱で囲まれていた。

「ここが、青猪の番所だ」

津濃藩との領境になる山稜のふところ、荒瀬川の支流の水源にあたる辺りだ。

「青猪、猿、熊、山犬などが棲《す》む山奥だが、ここに行ってもらう」

「ご高配《こうはい》、かたじけのうござる」

よし、これで決まったと言ってから、片平の顔にいかにも愉快そうな笑いが広がった。

「貴殿、父上の血を、真っ直ぐに受け継いでおるようだな」

役向きは違うが、辺鄙《へんぴ》の地に足を運んで領民の声に耳を傾ける東吾のことを、よく知っているらしい。

前任者の都合もあろうから、赴任日《ふにんび》は追って知らせる、そう言い残して、片平は部屋を出て行った。

下城した玄太の報告を受け、佐伯藤之介は、うむとうなずいた。せいぜい励むがよい、そう言った藤之介の目に、得体の知れない影が走ったのを、玄太は見た。これまでにも何度か見てきたが、この影は、玄太にとっては疫病神のようなものなのだ。

実家を訪ねて東吾にも報告した。東吾は、玄太がそのような地を望んだ理由を、訊ねようとはしなかった。

「ところで、ぬいどのは獣の毛皮などを忌《い》み嫌う方か」

「はて、さようなことを聞いたことはありませぬが」

「毛皮を身に着けぬことには、あの地の冬の寒さはしのげんぞ」

うっかりすると、指が凍って腐れ落ちることもあるという。

きみ江の方は、千代からさんざん愚痴を聞かされていたらしい。

「なに、千代さまにもぬいどのにも、いちど離れて暮らしたほうが、お互い相手のありがたみがわかってよいのじゃ」

それにしてもと、きみ江はしみじみと言った。

「嫡子の仙之助が父とはまるで違う方角に進もうというのに、家老家の婿に入ったそなたが、父と同じように山里まわりをするとはのう」

勘定方の見習い役に入っていた仙之助が、奉行補佐役に抜擢されたのである。藩の収入支出全般に目配りをし、各司との予算折衝にあたり、重職を前に財政の大綱を説明し、質問には明快に答えなければならない大役である。家柄だけで選ばれて、勤まる役職ではない。

「そうじゃ、玄太が山に籠もってしまう前に、仙之助の仮祝言を挙げておかねばなるまいのう」

仙之助の嫁になる久保田清助の娘は、まことに気立ての良い娘だという。

「静江は男勝りのところがある。ぬいどのはおとなしい娘御と思っていたが、どうやらそうでもなさそうだ。しかし仙之助の嫁は、賢い上に優しい女子じゃ」

手放しの褒めようだった。

慎重な性格で、浦辺家を守ることを第一義と考えてきた仙之助である。抜擢されたところで浦辺家の禄高が増えるわけではないが、役料が与えられるはずだ。いずれ浦辺家を継ぐことになるが、良い妻に恵まれ、賢い子を育て、才腕を発揮しつつ堅実な生き方をしていくことだろう。

それにひきかえ、じぶんの前になにがあるのか、玄太にはまだはっきり見えてこない。依然として、木枯らしが吹きすさぶ荒野、行き着く先が見えない荒涼とした原野が、目の前に広がっているような気がする。

(青猪や山犬が駆けめぐる山奥で、なにかが見えてくるはずだ……)

そんな、ぼんやりした期待はある。

仙之助の下城を待たずに実家を出たものの、そのまま屋敷にもどるのは気が重かった。武家の女のたしなみとして、たとえ娘の婿であろうと、千代は男の決めたことに口出しはできない。

千代にしてみれば、山奥であろうが離れ島であろうが、玄太が単身で赴任する分にはかまわないのだが、ぬいが佐伯の屋敷を出ることが気に食わないのだ。

玄太は辰吉の店に向かった。

「やはり、来たか。それにしても青猪番所とはな」

暖簾《のれん》をかきあげた玄太を迎えたのは、日下佐市だった。大目付の草壁平助から、玄太が青猪番所勤めになると聞かされて、まずは辰吉に知らせにくるだろうと、待っていたのだという。

「旦那」

辰吉が玄太の前に盃を置き、銚子をつかみあげた。

「めでてえことです。これまでの脛《すね》かじりではねえってことだ」

言われてみれば、たしかにそうだ。浦辺玄太でいたときは部屋住身分であったし、佐伯玄太と改まったとしても、佐伯家に与えられる家禄で養われているようなものだ。

「しかし旦那、山奥とは驚きやしたぜ」

辰吉は、上士の跡継ぎがたどる道順として江戸屋敷詰めと予想していたらしい。そのときは、すぐにでも店を畳んで、じぶんも江戸にもどる気でいたのだろう。

そのことだがと、佐市が店の中を見回した。隅に酔いつぶれた老人がいるだけだったが、それでも佐市は声を落とした。

「おまえ、青猪の番所がどういう所か知っておるのか」

「いや、知らぬ。そんな所に番所があることも、きょう初めて知った。奉行からは、青猪や山犬が棲んでいる所と聞かされてきた」

「あの辺りには、領境をまたぐ猟師や樵《きこり》の道がある」

隠密《おんみつ》街道と呼ばれていると、佐市は盃に目を落としたまま言った。そうした抜け道を通ってこっそり藩を抜け出し、もどってきたことがあるのだろう。

辰吉が、ちょっと待っておくなせえと言って、酔いつぶれていた老人を外に連れ出した。軒行灯《のきあんどん》を吹き消し、戸口に心張《しんば》り棒をかけると、弥助がなにも言わずに裏口から出ていった。

じつは、気になることがあるのだと、佐市は言った。

「おまえ、山走《やまばし》りと呼ばれている者たちを知っておるか」

玄太は、首を横に振った。

「おれも、正体を知っているわけではないのだが」

と、佐市の目には、気がかりな色が動いていた。

領主の支配を受けず、獣を追って山奥に暮らしているマタギの中に、そう呼ばれている者がいるのだという。

「尾行されたことがある。枯れ枝を踏む音も立てず、気配を殺して影のように尾行してきた。おそらく、あれが山走りだったのだろう」

「なぜ、尾行したのだ」

「おまえも知っての通り、おれは、人を追ったこともあるし追われたこともある。いつも不思議だったのは、追うべき相手の居場所をある方《かた》に指示されたこと、こっちが追われた場合にも、おれの居場所がその方に知られていたことだ」

　佐伯藤之介を「ある方」とぼかしたのは、藩政の裏の暗闇に身を置いた者として、いまだに掟《おきて》に縛られているからであろう。

　青猪の番所と聞いて、佐市は記憶の底に閉じ込めてあった「山走り」を思い出し、表沙汰《おもてざた》にできない事柄にかかわる者が山に入ったとき、その動きを追うのが「山走り」の役目なのだろうと、いまになって思い当たったという。

「ずっと以前のことだが、須貝さんから聞いたことがある」

　須貝平八郎と草壁平助が、「土屋道場の双竜《そうりゅう》」とか「土屋二平」とか呼ばれるようになる以前に、土屋彦九郎には師をしのぐといわれていた高弟がいたという。ふたりが入門したころは、すでに道場を去っていたそうだが、その後、妻女と死に別れると、要職を捨てて城下を離れたのだという。

「おれは、その人物が引きこもったのが、青猪の番所ではないかという気がする」

佐市は、盃に落としていた目を上げた。

「草壁さまよりよほど年長のはずで、六十に届く年齢と思われるが、おそらくただの山番ではあるまい」

片平から聞いた前任者、国分喜三郎という男の年齢は六十二、佐市の読みとぴたりと合致する。

「旦那」

辰吉の目が光った。こうしたことには勘の冴《さ》える男だ。

「女房に死なれて、急に世の中がいやになってしまうってえのは、なにも町人だけじゃねえ、お武家さまにもあるんじゃござんせんか」

「それは、ま、あろうな」

女房に死なれた後の虚脱感を知っている辰吉だが、じぶんのことには触れずに、江戸にいたころ付き合いのあった博打仲間のことを持ち出した。

腕はいいが、博打好きで、女房を泣かせていた錺《かざ》り職人だったという。ところがぽっくり女房に死なれてしまうと、仕事もせず、酒を飲むわけでもなく、博打からも足を洗って、ぼうっとしてるだけだったという。

「これまでの暮らしを悔いて堅気《かたぎ》になったのなら、話としては納まりがいいのですが、そうではござんせん。腑抜《ふぬ》けになってしまったんでござんすよ」

その男を立ち直らせたのは親方でも職人仲間でもなく、彼の腕に惚れ込んで簪《かんざし》を作らせた町家の娘だったという。

「職人ってのは、じぶんの腕を認めてくれる者がいれば、ぽっかり空いた心の穴でも埋め合わせがつくんでしょうな」

辰吉は、確信ありげに言った。

「藩のどなたかが、腕を見込んで内密に役を与えるってことになれば、そのお武家は、大概《たいがい》のことは引き受けるんじゃござんせんか」

佐市は「あるお方」と言い、辰吉は「どなたか」と言うが、玄太の神崎伊織への宿怨を利用して婿に入れた藤之介である。妻女を亡くして要職を退くほどの、寒々とした空虚感に付け込んだとしても、不思議はない。

「ご本人の意思かどうかは知らねえが、年を取っては勤まらねえ役ってことで、旦那にその役を引き継がせようってのが魂胆ではないのですかい」

それだと、佐市がうなずいた。

片平左門に、藤之介がひそかに手を回したとしても不思議はない。

（やはり、あの得体の知れない影は、疫病神であったか……）

憮然《ぶぜん》とする玄太に、辰吉は、大きくため息をついてみせた。

「こんどは海ではなく、山ってことですかい。旦那はどこへ行こうが、逃れられねえってことですぜ。江戸に行くなら付いていこうと思っておりやしたが、山奥に入るのであれば、あっしはここに残ることにいたしやす。どうも、その方が旦那の役に立てそうな気がしやす」

それにと、辰吉は頭を掻《か》きながら付け加えた。

「あっしは、蛇《へび》が苦手なもんでして」

ほんの身内だけが集まっての仙之助の仮祝言が終わった後、片平から、数日のうちに青猪の番所に赴任するようにとの命が下った。

藤之介の部屋に挨拶に伺うと、「ああ」とうなずいただけだったが、部屋を出ると青沼作次が追ってきた。彼が差し出したのは、一尺ほどの山刀《やまがたな》で、湾曲した内側に刃がついているものだった。

「笹を払うにも、蔦《つた》を切るにも役に立ちます」

かれこれ五年、同じ屋根の下で暮らしたことになるが、玄太はこれまで、この男と親密に言葉を交わしたことがなかった。それだけに、この餞《はなむけ》の品は嬉しかった。

　どうやら、青猪の番所のことを知っているらしい。佐市が公儀隠密との死闘で窮地に立たされたとき、助力を申し出たことも、そう考えればつじつまが合う。

　千代の方は、不機嫌な顔のままだった。

「ぬい、いずこにいようと、佐伯家の者であることを忘れてはならぬ」

　ぬいは、まじめな顔で返した。

「青猪や山犬を相手に、家柄が通用するとは思えませぬが」

　佐伯家の呪縛から逃れるためには、感情がこじれたまま別れても構わぬと、肚を決めているらしい。

　じぶんの足で確かめておきたいと、辰吉と弥助が荷運びを兼ねてついてきた。

　片平が差し向けた案内役は無口な男だったが、うつむき加減に前を歩いていながら、背後の会話や物音に敏感に反応しているのが玄太にはわかった。辰吉も、それに気づいていた。

「旦那、猫みたいな野郎ですぜ。耳がぴくぴく動いていやがる」

　山走りと呼ばれている者のひとりなのかもしれない。

山麓に小屋があった。城下を朝に発《た》ったのだが、すでに日が傾いていた。馴れた者なら、ここから夜道をかけて番所にたどり着けるというが、案内役は足をさすっているぬいを見やって、小屋で一泊すると言った。竈《かまど》があり鍋釜も揃《そろ》っている。案内役は手際よく竈に火を入れて湯を沸かしはじめた。緊急のおりに、彼らが使う小屋らしい。

屋敷を出ても、せいぜい城下を歩き回ることしかなかったぬいは、疲れきっていた。しかしそれを顔に出すまいと、鼻の頭の汗を拭いながらくちびるを引き結んでいる。

辰吉が玄太の耳元でささやいた。

「旦那、あしたは沢を登るそうですぜ。なんなら、あっしが背負って差し上げてもいいのですが」

玄太は首を振った。

「それは、やめておけ」

ぬいの並々ならぬ決意を、尊重してやりたかったのである。

翌日、渓流沿いに山奥に分け入った。

城下はすでに夏に差しかかろうとしていたが、ひと足ごとに暦《こよみ》が逆戻りするようなものだ。渓流の水は氷のように冷たく、里ではとっくに散ってしまっていた桜の花びらが、川面に浮いて流れてくる。

川幅が狭まるにつれて登りがきつくなり、背丈を越える大きな石を避けたりよじ登ったりして進むことになる。

見かねて手を貸そうとしても、ぬいは強情に首を振り、鼻の頭に汗の粒を光らせながら登って行く。弱音を吐くまいとするこの意地は、佐伯家を逃れてみせるといった決意と、しっかりつながっているのだろう。

滝壺のそばでひと休みしたとき、対岸の木立の中を駆け抜けていく影があった。とっさに身構えた辰吉に、案内役の男は、「青《あお》だ」とひと言もらしただけだった。

滝のわきに、やっと爪先がかかるほどの足場のある登り口があった。両手両足をつかってよじ登る細い急坂であったが、そこもぬいは、玄太の助けを拒んで登りきった。手《て》っ甲脚絆《こうきゃはん》に身を固めたぬいの体の、思いがけない強靱《きょうじん》さを見せつけられた気がする。

滝の上に出ると急に視界がひらけ、なだらかな斜面には色とりどりの花が一面に咲いていた。目を上げると、雪の残った山稜がすぐそこに迫っていた。

汗を拭いながら、ぬいは、放心したように眼前に広がる光景を眺めていた。

番所は、そこから三町ほどの、深い木立の中にあった。

二

「おなごが、かような所にとはのう」

ぬいを呆れたように見た国分喜三郎は、身なりこそ山賤《やまがつ》同然であるが、柔和な顔つきをしている。

六十二と聞いてきたが、恬淡《てんたん》とも違う温和とも違う、どこか頼り無い軽さがあった。

世を拗《す》ねた偏屈者か、それとも冷え冷えとした虚無感を纏っている人物かと想像してきただけに、妙な気がする。

国分は明かり取りの小窓の下の小机から紙切れを取って、玄太の前に置いた。

「これに、番所勤めの役回りを書いておいた。月に一度、麓《ふもと》の陣屋に報告書を届けることになる」

なんと言ったかのうと、新しい郡奉行片平左門の名を、国分は思い出せなかった。そして、バツがわるそうに付け加えた。

「物忘れがひどくなってのう、人の名が覚えられなくなってしもうた。ここにいては人と会うこともないので、苦にはしておらんが」

届けるのはここまで案内してきた男で、名は又七《またしち》だという。ついでに米や味噌などを運んできてくれて、ほかに、リンという下女働きをしてくれる女がいて、薪を集めてくれたり山菜や茸《きのこ》を採ってきたり、イワナや山鳥を捕ってきてくれるという。

その夜、辰吉が背負ってきた酒樽《さかだる》を開けた。囲炉裏《いろり》の火に顔を火照らせながら、国分はしみじみと言った。

「人間の顔を見ながら酒を飲むのは、久しぶりのことだ。山の者は、わしらと一緒に酒を飲むことはしない」

はじめの十年はちょくちょく山を下り、城下で酒を飲むこともあったが、この十年は山を下りたことがないという。

国分は、はっはっとわざとらしく笑った。

「猿や青猪の顔に馴《な》れてしまうと、人間の顔の方が獣に見えてしまうものでな」

ま、わしも里に下れば、世間の目からは山猿に見えることであろうなと言った後、国分寺は玄太に訊ねた。

「ところで貴殿、道場はどこだ」

「土屋道場でござる」

「ほう、それでは、わしとは同門ということになるな」

やはり、日下佐市の言った人物だったのだ。国分は土屋彦九郎は健在かと訊ね、ほかに玄太の知らぬ名を二、三あげて消息を訊ねた。囲炉裏の火が映えている老剣士の顔には、遠い昔を懐かしむ色が表れていた。

しかし話題にするのは、この番所勤めに入る二十年前の、さらに以前のことに限られていた。玄太がもの心つく以前のことになる。山に籠もってからの二十年、なにがあったのか、どのような仕事をしたのか、引き継ぎとして言い残すべきことにさえ触れなかった。その不自然さが、佐市の推測の正しさの証《あかし》のように、玄太には思えてくる。

翌朝、国分は僅《わず》かな荷を弥助に背負わせて、山を下りて行った。別れの挨拶のおり、国分はちょっとためらってから、言った。

「貴殿は、佐伯どのであったな」

「佐伯玄太でござる」

「では、佐伯藤之介さまの縁者かのう」

昨夜も、同じことを二度訊ねられている。

水汲み場を確かめたり、屋根の修復をしたり、当分間に合う分の薪を集めたりした辰吉が山を下りたのは、三日後だった。

辰吉が去ったのを見すましたように現れたのが、リンという女だった。

朝目覚めると、台所の方から声が聞こえてくる。ぬいがだれかと話しているのだ。

強い陽射しが差し込んでいる土間の流し台のところにぬいの後ろ姿があり、戸口のところに人影があった。

玄太が出ていくと、刺し子の膝ほどまでの着物に縄帯を締め、髪を頭の後ろに束ねた若い女がいた。体つきも身のこなしも少年のようである。

「おまえが、リンか」

「はい」

これを持ってきてくれたのだと、ぬいが流し台の上にあった山鳥を持ち上げてみせた。

「こうしたものを料理したことがないゆえ、教わろうと思っておりました」

目が輝いている。千代は鳥肉も鯨《くじら》の肉もだめだったが、ぬいはなんでも平気で食べる女で、その点では明らかに父藤之介に似ている。

その日リンは、半日ほどいて帰っていったが、住処《すみか》を訊ねても口を濁していた。

リンが来るのは、朝早くと決まっていた。これまでは国分の食事の用意をしたり、身のまわりの世話もしていたらしいが、ぬいがいるのでそのような仕事はなくなる。

その代わりに、ぬいを連れ出して山菜や茸を探しに行ったり、薬草のことを教えたりしている。ぬいには生まれて初めての経験であり、楽しくてたまらないらしい。髪を結い上げることもなくなり、籠を背負って出掛けていくぬいは、歩き方まで変わっていた。

玄太にとっても、この山奥の暮らしは悪くなかった。

はじめのうちは、夜中に聞こえてくる山犬の遠吠えや梟《ふくろう》の声が気になったが、すぐに馴れた。初めて江戸に上ったとき、壁越しに伝わってくる江戸の夜のざわめきに、なかなか寝つかれなかった。ざわめきの底から、人間の息づかいが聞こえてくるような気がしたからである。

山奥の夜は、しーんと静まり返っているわけではない。風の音があり木の葉のざわめきがある。思いがけない近さで、ぴしっと枝の折れる音がすることもある。獣が徘徊《はいかい》しているのだろう。すさまじい夜鳥の声も聞こえてくる。しかし、そこに人間の気配が混じっていないことが、玄太の心を緩め、深い眠りに誘ったといえる。

朝起きるとすぐ、近くの湧き水で顔を洗い、固く絞った布で全身を拭う。箱膳に向かい、箸の上げ下ろしに気をつかう食事ではなく、鍋からすくい上げる大椀《おおわん》の雑炊がうまい。ぬいも、おやっと思うほど大食いになっていた。

国分が書き残して行った役務には森中の巡回がある。定められた巡回道順を正確に辿《たど》ることになれば、一日で回り終える行程ではない。国分はなにも言い残していかなかったが、日を分けて小刻みに回るしかない。

道と言っても獣道《けものみち》のようなもので、藪を漕《こ》ぎ、編み目のように蔦の絡む木立を抜け、小流れを越えたり崖をよじ登ることもある。青沼作次がくれた山刀が役に立つ。

青猪が、すぐわきの木立の中をかすめるように駆け抜けていったこともある。猿の群れを見かけたこともある。朽葉の中にマムシがとぐろを巻いていて、思わず飛び下がったこともある。熊かなにかわからぬが、藪の中に、がさっと獣が動いたこともある。油断はできないが、そうした緊張感が、心の中に生き生きとした昂《たかぶ》りを生んでいることを、玄太は感じていた。

まったく人気《ひとけ》がないわけではない。下方に見下ろせる樹海から細い煙が立ちのぼっているのを見ることがある。沢で焚《た》き火の跡を見たこともあった。この広大な山ふところのあちこちに、人間が暮らしているのは確かだった。

しかし、リンのほかにはこの森で暮らす人間の姿を見たことはない。又七も、あの後姿を見せなかった。

小屋から一町ほど、滝の上流に、岩の裂け目から噴き出した湯が川に流れ込んでいる所があり、川岸に畳まれた岩がいい具合に湯船になっていた。リンによると、蛇の毒に効き目があるそうだ。冬になると、猿の群れが湯浴みに来るそうだ。

湯に漬かりながら、いろんな思いが頭をよぎっていく。

いろんなことがあった。深手も負ったし、人も斬っている。いずれも根を探って行けば神崎伊織に辿りつく。

　これまでの生き方は、佐伯藤之介の掌上で転がされてきたようなものだ。自分の生き方は自分で決めなければなるまい、そう思いながらも、それではどう生きるのだと問われて明快に答えることができない。父東吾の生き方もある。兄仙之助の生き方も、あれはあれでいいのだと思う。

　しかし、佐伯家の婿に納まってしまったいま、彼らの生き方が許されなくなっている。

　しばらくは権力欲にからむ狡猾《こうかつ》さ、非情さ、欺瞞《ぎまん》、そんなおぞましいものから離れていたいと思ってこの地を望んだのだが、こうして湯船に漬かり、虫の音に耳を傾けていると、そんな思いさえ安っぽく、気恥ずかしくさえ思えてくる。

　湯船から溢れた湯が、十畳ほどもある平らな岩の表面を、波紋のように広がっていく。

　良家の息女として育てられたぬいには、躾《しつ》けられた慎ましさがあった。ぬいはいま、それを乱暴にかなぐり捨てようとしている。

　肌に染みついていた香の匂いは消えていた。代わりに鼻をついてくるのは、むっとするような女体の匂いである。まだ小娘のころ、千代に頼まれて小太刀の稽古相手をしてやったことがあるが、大柄なわりには腕力がなく、四肢の動きに敏捷《びんしょう》さがなかった。

しかしいま、なんの恥じらいも見せずに、冴えざえとした月の光にさらされて石畳に立つぬいの裸体は、腕にも臀部《でんぶ》にも筋肉の動きが見てとれて、みごとというしかない。内側から滲《にじ》み出る生命力が漲《みなぎ》っている。

(ぬいは、おれより先に佐伯家の呪縛から逃れたようだな……)

ひと月経った。森の中に樹液の匂いが濃くなっている。月に一度と定められている報告書を自分の足で届けようと思っていたとき、あの案内役の又七がひょっこりと現れた。

報告書といっても、その日の天気だとか、新しく発見した崖崩《がけくず》れだとか立ち枯れの木だとか、猿の群れの移動だとかを日記風に書き留めただけである。

こうしたものを分析してなにかの流れをつかむ気かもしれないが、いずれにせよ、その趣旨を確かめておきたかった。それによって書き方も違ってくる。受け取る人物が、どのような役を担っているのかも知っておきたかった。

「その麓の陣屋まで、案内してもらおう」

「それはかまわねえが」

又七は、玄太の脚力を危ぶんでいるらしい。

「案ずるな、遅れはせぬ」

玄太は、土屋道場で荒稽古を続けたころよりも、体力に自信がついてきていた。

玄太はぬいを誘ってみたが、ぬいはとんでもないという顔をして首を振った。やっと身についた「山の気」のようなものが、里に下ることで台無しになるとでも思っている顔である。

麓に下る道は、渓流伝いの登り道とは違っていた。下り坂を、又七は稲妻のように駆けおりていく。木立を縫うにも水の流れのように遅滞がない。

（山走りとは、これか……）

こけつまろびつしながらも、玄太は又七の姿を見失わないように、懸命に追った。

一丈《じょう》ほどの崖をいくつか飛び降り、木立が途切れて夏草の茂みを突っ切ると、ふいに視界が開けて川原に出た。又七は、石に腰を下ろして待っていた。日の高さからすれば、二刻《こく》ほどで山を下ったことになる。

少し下流に下って土橋を渡ると稲田が広がっていて、点々と人家が見えた。

玄太の額からも背中にも汗が噴き出ていたのは、激しく体を動かしたせいばかりではない。下界はすでに夏の盛りであったのだ。

陣屋と聞いていたから大きな屋敷を想像し、常駐の役人でもいるのかと思っていたが、案内された茅葺《かやぶ》き農家は、さほど大きな構えではなかった。

ここで待っていろという身振りをして、又七が裏口の方に回ってしばらくしてから、主と思われる老人が、表口から慌てたように出てきた。

「青沼村の肝煎《きもいり》、伍平《ごへい》でございます」

「ここが、青沼村か」

「はい、小さな村でございます」

どこかで聞いたことのある村の名だが、どのような話題の中で出てきたのか、玄太には思い出せなかった。

父の東吾は領内の隅々にまで足を踏み入れている。何日もの泊まりがけの工事も珍しくはない。家に戻ってから、世話になった村の者を話題にしたこともある。その中で出た村の名だったかもしれない。

「又七を見失わずについてきたとは、大したものです。青猪を追い詰める脚の持ち主でございます」

座敷に案内すると、伍平ははじぶんで縁側の障子を締め切った。庭に降り注ぐ夏日を避けるためではなく、人目を避けるための用心らしい。

居ずまいを正した伍平は、低い声で言った。

「なにが、ございました」

玄太は、ふところから取り出した紙の綴《つづ》りを渡した。

「報告書だ」

「拝見します」

ときおり前にもどって読み返し、入念に読んでいた伍平は、読み終えると不審気に目を上げた。

「これだけでございますか」

「それだけだが」

「それでは、口頭で伝えられることでも」

「こちらから伝えるべきものは、別にない」

「それでは……」

伍平の顔に、当惑の色が浮かんでいる。

「それがしの書いた物をだれが読むのか、読んでなにに役立てようとするのか、それを知りたいと思って来てみたのだ」

伍平は綴りを閉じて膝元に置くと、じっと玄太の顔を見た。

「てまえが読ませていただきますが、崖崩れの箇所や木食い虫の被害、季節によっては沢の雪がいつ解けたか、雪虫を見たのは何月の何日かなどの記録であれば、役に立つことはございます。しかし、そのようなことは、なにも佐伯さまの手を煩《わずら》わせるまでもないことでございます」

「これは無駄だったと申すのか」

「文面の裏になにか意が含まれているのかと首をひねりましたが、そうでもなさそうですな」

「見たままを書いたまでだ」

「不調法な言い方はお許し願いますが、日々の暮らしの張りと申しますか糧《かて》と申しますか、そのような趣旨で書き綴るのは結構でございますが、てまえどもには無用とお心得くだされ」

伍平は、白けた表情をごまかすように手を叩き、家人を呼んで茶を持って来させた。ついでに締め切っていた障子を開け放させた。

「暑いときには、熱い茶が良いものでございます」

茶を勧める伍平の顔には、安堵《あんど》の色もあった。玄太が重大な用件を抱えて山を下りてきたと思ったのだろう。

しばらく飲んでいなかった香りの高い濃い茶は、背筋をしゃっきりさせる。伍平も茶碗を掌《てのひら》に包み込むようにして、ゆっくりすすっていた。どこから話を切り出してよいものやらと、迷っている顔だった。

玄太の方から、先に切り出した。

「月一度の報告書とは、いわば建前のこと、格別なことでもなければ書き留めることも、届けることも無用ということでよいのだな」

「ありていに申せば、さようでございます」

「格別のこととは、いかなる事態を指すのだ」

「国分さまからは、なにもお聞き及びではございませぬか」

「そのようなことは、聞いてはおらんが」

「そうでしたか……」

ちょっと考え込んでから、伍平は言った。

「てまえの口から話させようとしたのでございましょう」

国分の落ち度を庇《かば》う口ぶりだった。二十年間人里離れた山に籠もって老境を迎え、ボケの兆候が見られる国分に対する痛ましげな眼差しが、伍平にはあった。

伍平は顔を上げて静かに言った。

「人の動きでございます。山には山回りのお役人が入ることがあります。マタギはしょっちゅう居場所を変えます。この村の者が炭焼きに入ることもあります。こうした人間の動きは構いませぬが、まれに不審な者が領境を越えて来ることがありまして、そうした者を見つけたときは、すぐに又七をここに走らせてくだされ」

「報せを受けたそなたは、それをだれに伝えるのだ」

「それは、申し上げられません」

伍平の目の底に、じんわりと光が宿っていた。ただの百姓の目ではない。

（この男、佐伯藤之介の命を受けておるのだな……）

玄太は、さきほど青沼村と聞いてひっかかったものがなんであるか、思い当たった。

（そうか、青沼作次は、この村の出であったのだ……）

繋がりが見えてくると、抜け出したつもりでいたじぶんが、依然として佐伯藤之介の掌に乗っていることを、玄太は認めざるを得なかった。

青猪番所勤めになったと報告したとき、佐伯藤之介の目に疫病神の影を見たことを、改めて思い出した。

「佐伯さま」

伍平は、玄太の目を覗くように見た。

「国分さまからお聞き及びではないとなりますと、わたしから話しておかなければならぬことがございます」

伍平は声を落とした。首にかけられた縄が、じわりと絞られたような気がする。

「山走りに気を許してはなりませぬぞ」

「又七のことか」

「山走りとは、あの男だけではございません」

もともとどの藩の支配を受けることなく、自由に山の中を移動して暮らしている民だが、その中にはいくつかの系列があり、山岳信仰の修験者《しゅげんじゃ》集団と結びついている一族もいるし、特定の村と結びついている一族もいるという。

「又七もリンも、昔から青沼村と付き合いのあった一族の者ですが、あの者たちにとって一番大事なのは猟場を守ることで、藩の境界などは意味がございませぬ。猟場を守るためなら、手を組む相手がどこの藩であろうとかまいません。青猪番所に手を貸しているのは、岩見藩があの者たちの猟場を保護し、特典を与えているからでございます」

「つまり、こちらの出方ひとつで、離れるというのだな」

「土地に縛られている百姓なら、一揆《いっき》でも起こすしかありませんが、あの者たちは、別の猟場を求めて立ち去るだけでよいのですから」

山の暮らしを守る便宜上、里との繋がりを保ち、折り合いもつけるが、その中には津濃藩と繋がっている一族もあり、公儀《こうぎ》と繋がる一族もいるという。

「大きな声では申し上げられませぬが、神崎さまの手先となっている者もおりまする」

（……またしても、神崎伊織か……）

当分は忘れていたい男が、山奥にまでついてまわることには、苦笑するしかない。

「くれぐれも、身辺の警戒を怠《おこた》りなされませぬように」

そんな伍平の声に送られて、玄太は陣屋を出た。

そのとき、馬のいななきを聞いた。裏手の方に馬小屋があるらしい。城下との緊急の連絡のおりに使うのだろう。

又七は玄太に断ることなく、すでに米袋を担いで山にもどったらしい。

第四章　猿《さる》　塚《づか》

一、

遅い春と早い秋とに挟まれた山の夏は、植物の成長が驚くほど速い。三日ほど前には気づかなかったのに、闇の中にぼんやり明るんで見える山百合《やまゆり》が、湧《わ》き湯のまわりに濃い匂いを発して咲いている。番所のまわりにも、猛々しい夏草が生い茂っていた。

寒さと雪を防ぐことに意を用いた建物だけに、番所の中は、昼間は居場所がないほどの暑苦しさだった。板戸を開けて風を通そうとしても、風そのものに夏草のむっとする匂いが混じっている。

玄太に対しては、まだどこかぎこちなさのあるリンだが、ぬいには心を許しているらしい。もともとぬいは、家格だとか身分だとかに頓着《とんちゃく》しない気質である。なんのこだわりもない接し方が、リンの警戒心を解いたのであろう。

少しずつわかってきたことだが、リンは又七の妹であった。住処を明かさないのは、新しい役人をまだ信用していないせいばかりではなく、獲物を追う又七が転々と居場所を変えるためでもあるらしい。

下級武士の家では内職があたりまえで、きみ江も静江も竹籠《たけかご》を作ったり組紐《くみひも》を編んだりしていた。ふたりともなかなか器用であった。

しかし、リンの手先の器用さに比べたら、児戯《じぎ》に等しいと言われても仕方あるまい。鳥をさばくにしても獣の毛皮をなめすにしても、小刀の使い方は神技といっていいほどだった。

リンの作る物は、日常の暮らしに直接結びつく物で、毛皮の腰当て、それは腰に吊るす小型の座布団のようなものだが、山中を歩き回るには欠かせぬものだった。獣皮を縫い合わせた沓《くつ》は、草鞋《わらじ》よりもずっと丈夫で履き心地がよい。藤蔓《ふじづる》を細く割いて縒り合わせた綱《つな》は、適度な固さと軽さで麻縄よりも扱いやすい。

幼児が言葉を覚えるように、ぬいは日に日に山暮らしの知恵を身につけていく。籠の窮屈さから開放された小鳥の歓びを、全身から発散させていた。

玄太も、じぶんの体つきが少しずつ変わっていくのがわかった。道場稽古の摺《す》り足などとはまるで違う身のこなし方も、自然と身についていく。前よりも闇の中で目が利くような気もする。

森の諸相の移り変わりは、玄太には新鮮な驚きであった。子どものころ、川遊びや渓流釣りが好きで、佐市とふたりで遠くまで足をのばしたものだが、そのころとは違う目で自然を観察し、虫や小鳥の生態だとか、樹木ごとの葉の形や樹皮の違いがわかっていく。

青沼作次からもらった山刀と佐市がくれた竹筒を、玄太はいつも持ち歩いていた。佐市は小鳥を呼び集めることもできるし、山犬の遠吠えを真似ることもできると言ったが、玄太には器用に吹き分けることはできなかった。ただし、釣り竿としては役に立つ。

自然の玄妙《げんみよう》さを前にして、玄太はときおり、武士の生き方にこだわっているじぶんが、なにかとんでもない見当違いをしているような気がすることがある。

肝煎の伍平に言われたことを忘れてはいないが、玄太はまだ山中で怪しい人影を見ていない。又七が訪ねてくることもなかった。

(あれは、おれが迂闊《うかつ》者だったので、脅《おど》かしただけかもしれぬ……)

そんな風に思いかけていたとき、世の中はそうは甘くはないと、思い知らされることになったのだ。

その日は、朝から空模様があやしかった。

日が高くなるにつれて雲の動きが激しくなり、ときおりバラバラと大粒の雨が落ちてくる。高い梢《こずえ》の上方に明るい空が見えるので本降りになるとは思えないのだが、玄太は驟雨《しゅうう》をやり過ごすために木の根方に身を寄せた。

そのとき、玄太のすぐ目の前を、猿の群れが、高い警戒音を発しながら枝を伝って慌ただしく移動していった。

（山犬でも現れたか……）

これまで遠吠えは聞いていたが、玄太はまだ山犬と出くわしたことがない。群れを作って獣を襲うそうだが、利口な動物で警戒心が強く、人間の前に姿を現すことはめったにないし、襲うこともないと聞いてはいた。

しかし玄太は、いざというときによじ登れる枝ぶりの木を選び、背負っている刀の鯉口《こいぐち》を切っておいた。

立木を背にして息をひそめ、草むらに動きに目を凝らしていたとき、玄太は不意に殺気を感じた。垂れ下がっている藤蔓の向こうの茂みから来るものだった。野獣の気配ではない。あきらかに剣気だ。武芸者の剣気とは違うが、ただならぬ殺気だった。

(山走りか、それとも密偵《みってい》の類いか……)

山刀を左手に持ち変えて、玄太は肩ごしに右手で刀の柄を握った。この構えからの抜き打ちは、ここに来てから、薄闇の中に飛び交うコウモリを斬って身につけたものだ。

姿は見えないが、茂みの中に潜んでいる相手に、こちらの剣気が伝わっていることはわかる。相手の息づかいが次第に荒くなっていくことも、玄太にはわかった。玄太の方も、うわずりそうになる呼吸を抑えていた。こめかみの鼓動が大きくなっていく。

不意に相手の殺気が消えた。茂みから飛び出した影は、目を疑う素早さで木立の奥に消えていった。ほんの一瞬うしろ姿を見たが、あれは山に住む者ではない。

その者が身を潜めていた茂みに行ってみると、切り裂かれた猿の死体があった。火の跡がないから、生肉を食っていたのかもしれない。

玄太は番所にもどった。又七を呼んできてくれと言うと、リンはすぐに駆けだそうとした。

「ちょっと待て、リン」

「………」

「山の者は、猿を食うか」

驚いた顔で目を見開いたリンは、強くかぶりを振った。

ぬいがそばから言った。

「山の者は猿を崇《あが》めております。食するなどは、とんでもないことでございましょう」

あの男は、津濃藩の者か公儀の者かはわからぬが、他国から潜入してきた者と見て間違いなかろう。

日が落ちないうちに又七が現れた。連れがいる。熊皮の胴着を着た連れは、五十がらみの骨格の逞《たくま》しい男だった。鋭い目で玄太を見ながら、男は言った。

「その山刀を、見せてはもらえませぬか」

山刀は山で暮らす者には命綱のようなものだ。青沼作次がくれた山刀はなかなかの勝《すぐ》れ物で、玄太はこれで藤蔓を切り、笹竹をなぎ払ってきた。岩に食い込んでいた水晶をほじり出したこともあるが、刃こぼれひとつない。

（逸品《いっぴん》と見れば、手に取って見たくなるものか……）

玄太の手渡した山刀を男は入念に点検し、鼻に当ててにおいを嗅《か》いだ。そして納得したようにうなずくと、失礼いたしましたと返してよこした。低い声だが、言葉づかいは丁寧である。丑松《うしまつ》と名乗った男は、一族の長であるらしい。

「番所役人の佐伯玄太だ」

「いくども、お見かけしておりました」

こちらは気づかずにいたが、木立の奥や藪の陰に目が光っていたのだろう。

佐市が言った、気配を殺して影のように尾行するとは、本当だったのだ。

「怪しい人影を見たので、陣屋に報せに行ってもらう」

「又七をすぐに走らせますが、見かけたのはひとりでしたか」

「おれの見たのはひとりだ。あれは、なかなかの腕の立つ者だ」

「腕が立とうが、ましらさまを殺《あや》めるなどとは、許してはおけませぬ」

ここに来る途中に、あの茂みに立ち寄って猿の死骸を見てきたらしい。玄太の山刀を点検したのは、猿を殺したのはこの新任の役人ではないかと、疑ったからであろう。

次に会って、その男かどうかわかるかと、丑松は真剣な目で訊ねた。

「顔を見たわけではないから、なんとも言えぬ」

「ぜひとも、力をお貸しいただきたい」

その目には、新しい役人の器量を見極めようとする色があった。

(前任の国分は、この者たちの期待に応えてきたのであろう……)

「その男を、捕《とら》える気か」

「逃すわけにはいきませぬ」

「殺すのか」

「あっちの出方によっては、やむを得ませぬな」

山に住む者の、底の知れない怖さを見た気がする。

「刀を取って向き合えば、その男かどうかはわかる」

玄太がそう答えると、丑松の目が初めて緩んだ。

晴れたかに見えた空がにわかに暗くなった。野面を走り抜けていく雨足を追うように、又七は、山を駆けおりて行った。

ぬいが茶を勧めたが、急ぎますのでと森の中に帰った丑松だったが、翌朝ふたたび番所に顔を出した。

仲間と手分けして追ったのだが、雨のために目と耳、それに鼻が利かず、見つけることができなかったという。

「里に下りられては、わしらには手出しができませぬ」

いかにも無念そうな口ぶりだった。

「お役人さま、里で捕らえたときは、わしらに引き渡してくださいまし」

なんとしても猿を殺した者を捕らえ、罰する気らしい。

あの男は、城下にもぐり込んだのであろう。捕縛するか斬るかの判断は、玄太にはできない。約束はできないと答える玄太を見ている丑松の目は、骨董品を鑑定する古物商の目だった。

二日後に番所に現れたのは、なんと日下佐市だった。ぬいが差し出した杓《ひしゃく》の水を飲み干すと、佐市は屈み込んで草鞋の紐を解き、血の滲《にじ》んでいる足袋を脱ぎ捨てた。肉刺《まめ》が潰れている。途中で手当てをする暇もなく急いだのであろう。脚を投げ出すように腰を下ろすと、こわばりをほぐすように左脚をこぶしで叩き、佐市は苦笑を見せた。

「おれには、山まわりは無理なようだ」

佐市は左腿に、毒矢でやられた古傷を持っている。

ぬいが、水を張った小盥《こだらい》を持ってきて、佐市の足元にしゃがみ込んだ。

「佐市どの、このような草鞋では無理なのですよ」

血だらけの足を水で洗い、手際よく手当てするぬいに、佐市は恐縮しきっていた。

炉端に座ってから、佐市は台所に立っているぬいの背中を見やりながら言った。

「ぬいどの、すっかり変わられたな。家老家のご息女とは思えぬ」

「山姥《やまんば》になる気でおるのだろう」

佐市は、玄太の戯れ言に笑いを見せなかった。

「玄太、ぬいどのにはわるいが、おまえはいつまでも山に籠もってはおられぬぞ」

「なにがあった」

二日前の夜中に草壁平助からの呼び出しがあり、怪しい者が城下に入ったゆえ、その男を探し出して行動を見張るように命じられたという。

夜中だとすれば、又七から報せを受けた青沼村の伍平が、すぐに藤之介のもとに馬を走らせ、藤之介が作次を使って草壁に伝えたのであろう。

屋敷の離れ部屋に籠もりっきりの藤之介のところに、ときおり夜中に来客があったことは、玄太も知っている。部屋に籠もっていながら、領内ばかりか江戸屋敷にまで目が行き届いていることが不思議だったが、これで、藤之介が張りめぐらしている網の、糸の一端を見た気がする。

「で、その男を探り当てたのか」

「目星はついている。五つ橋の安旅籠《はたご》、辰吉の店からそう離れていないところに泊まっているが、これからどう動くかはわからん」

「何者だ」

「まだ、わからん」

佐市は、台所のぬいをちらっと見て、声を落とした。

「玄太、ぬいどのの耳に入れるわけにはいかぬ」

「わかった」

湯に漬かってくると言い残し、玄太は佐市を連れ出した。湧き湯までの一町ほどの道は、よく踏み固められているのだが、それでも佐市は歩きにくそうにしていた。よほど足腰が痛むのだろう。

湯船に首まで漬かりながら、佐市はしばらく顔をしかめていた。肉刺の傷に白濁した湯がしみ込んでいくらしい。

西に傾いた日が、紅葉の兆しがある山腹に照り映えている。川瀬の音も野鳥の声も聞こえてくる。

「玄太」

佐市は、目をつむったまま言った。

「おまえ、ここを極楽と思ってはならぬぞ。武士を捨てぬかぎり、修羅場からは抜け出せぬのだ」

神崎家の江戸屋敷の用人、松原惣右衛門《まつばらそうえもん》が何者かに襲われたのだという。玄太にとってはいまだに敵か味方かわからない面妖《めんよう》な人物である。

「松原どのは、伊織の首のすげ替えを諦めておらなかったようだ」

伊織はすでに、神崎家代々当主の名「蔵之丞」を引き継いでいるが、丸く納まったかに見えた神崎家の世継ぎ問題が、ふたたび煙り出したのだろう。

「伊織の手の者のしわざか」

「草壁さまは、そう見てはおらぬ」

「と、なると」

「神崎家が藩主家に取って代わることを望んでいる者は、ほかにもいる」

神崎家が藩主になれば、津濃藩の商人が鹿野屋を蹴落として七つ浜の利権に食い込みやすくなる、津濃藩としても、得るものは少なくないはずだとは、玄太も藤之介から聞かされていた。

「命をとりとめた松原どのは、すぐさま下手人を追わせたのだが、逃げられたらしい。草壁さまは、山越えしてきた者は、松原どのを襲った刺客だと見ておる」

辰吉が言っていた。江戸には取り立てもするし脅しもする、殺しもする「雇われイヌ」の口入れ屋があるのだと。

松原を襲った者は、そうした者なのかもしれない。

「しくじった上に追われる身となった者を匿《かくま》う者はおらぬ。津濃藩に逃げ込んだものの、厄介払いを食らって山を越えたのだと、草壁さまは見ておる」

「佐市、その男をどうするつもりだ」

「いま目をつけている男がその刺客かどうか、それを確かめることになる。そのために、おまえの手を借りにきたのだ」

「本物だとしたら、どうなる」

「もともと、神崎家の内部の問題で、藩としては傍観していてもよいのだが、放っておけばなにが起こるかわからないのだ」

　松原が襲われたことは、江戸屋敷ではだれもが知っていることで、殿の耳にも入っていることだろう、裏側に潜む事情にも気づいておられるかもしれないと、草壁が言っていたそうだ。

「その男が、松原どのを襲う意図がなんであるかに勘づいていれば、国元の神崎屋敷に庇護を求めることになろう。もし伊織が求めに応じることにでもなれば、殿の伊織に寄せている期待と信頼が、根底から崩れることになる」

　伊織の才を見込んで執政職に加えようとした殿を、「英邁ながら、育ちが良すぎる」と批判した藤之介の言葉を思い出す。

（なるほど、殿の不興を被《こうむ》ることになれば、あの高慢な伊織は居直って、なにを仕出かすかわかったものではないな……）

　本家筋に当たる津濃藩とは、血筋の上では神崎家の方が藩主家よりも繋がりが濃い。藩主家に世継ぎが絶えた場合は、神崎家から世子を送り込むことが藩《はん》是《ぜ》となっている。

　代を逆上れば、藩主家の嫡子があまりにも暗愚だったために、そうした事態になりかけたこともあったらしいが、神崎家が固辞して暗愚な藩主を陰で支えたという。藩政の表には出ない、それが神崎家の家訓でもあったのだが、野心家の伊織には、その家訓に縛られる気がないのだ。

「玄太」

佐市は目をつむったまま言った。

「おまえが城勤めを嫌がった気持ちはわかるが、伊織が絡むとなれば湯に漬かっているわけにはいくまい。因縁と観念することだな」

翌朝早く、玄太は佐市と山を下った。

二

「旦那、あの野郎に違いねえですぜ」

昨夜、ふらりと現れて、酒は飲まず、すっぽん鍋をむさぼるように食っていた男が「雇われイヌ」だと、辰吉にはすぐわかったという。

猿の生肉を食って飢えをしのいだ男だ。体力を回復させるために、精のつくものをむさぼり食ったのだろう。

せっかく山の者の目を逃れたのに、向こうから網にかかってきたようなものだ。やはり、「ましらさま」の祟《たた》りなのかもしれない。

「野郎が宿の小僧を使いに出したってんで、すぐに弥助に尾行させてみやした。なんと、丸森《まるもり》の神崎の屋敷に行きやがった」

佐市が慌て声で訊ねた。

「それは、いつのことだ」

「きのうの昼過ぎですが」

「で、神崎になにか動きがあったのか」

「まだ、これといった動きはござんせん」

こいつは、あっしの勘ですがねと、辰吉が言った。

「あの野郎、神崎さまを脅しにかかっているんじゃござんせんかね」

「匿ってもらうのではないのか」

「泣きつくなど、あの連中は金輪際《こんりんざい》しやせん。匿われることが命取りってことがわかっておりやす。となると、ネタをちらつかせて金を出させるって寸法でさ。まとまった金をつかんで高飛びでもしようって魂胆ですぜ。江戸にもどるわけにいかねえとなると、蝦夷地にでも渡る気かもしれませんぜ」

佐市は玄太を見た。

「伊織が、金を出すと思うか」

「脅されて、金を出すやつではない」

「では、その男、危ないな」

「おれが藪越しに感じた殺気からして、並の使い手ではない男だ」

神崎家がよほどの手練を揃えたとしても、あのただならぬ殺気を放った男がやすやすと斬り捨てられるとは思えない。

かりに斬り捨てたとしても、それが神崎家の仕業となれば、家中の間にいろんな憶測《おくそく》を生むことになる。風評は、いずれ殿の耳に入ることになる。佐伯藤之介や草壁平助が惧《おそ》れているのは、そのことなのだ。

佐市は、うめくように言った。

「おれが、やるしかないのか……」

そうつぶやいた佐市の目には、自嘲《じちょう》の色があった。佐伯藤之介の「隠し刀」として、藩政の裏側の闇で血しぶきを浴びてきた佐市である。やっとそこから抜け出て、血の匂いが消えかかっていたのだ。

「佐市」

玄太は、盃をあおった佐市の肩に、手を置いた。

「おまえが、そこまでやることはない」

「しかたあるまい」

「伊織と会うことだけはさせるな。あとは、山に追い返してくれればいい」

「おまえがやるのか」

「いや、猿が始末をつけてくれるはずだ」

「猿だと？」

怪訝な顔をしている佐市に、玄太は丑松のことを話した。

「町奉行の名で高札を出し、辻ごとに役人を立たせておけば、その男は山に逃げ込むしかあるまい。草壁さまにどう報告するかは、おまえに任せる」

また湯に漬かりに来いと言い残して、玄太は辰吉の店を出た。居酒屋や小料理屋が並ぶ夜の街の空気が、玄太の肌にはざらついて感じられる。

青沼村に着いたのが真夜中、陣屋には立ち寄らずに山に入り、番所に着いたときは明け方になっていた。

ひと眠りした後、水汲み場で顔を洗っていると、木立の奥からこちらに向かってくる三つの人影があった。

ひとりは丑松で、後のふたりは新しい顔だった。朝日をまともに受けて近づいて来た三人は、いずれも半弓《はんきゅう》を抱えていた。握り太の、いかにも張りの強そうな弓だ。二尺足らずの短い矢柄が黒光りしている。熊でも猪でも、これで仕留めるのだろう。

「お役人さま、あの男はどうなりました」

丑松は、挨拶抜きでそう言った。

他のふたりは、少し離れたところで無表情な顔でこちらを見ている。武芸の心得があるとは思えないが、山野を駆けめぐって獣を追う者の、瞬時に身をおどらす俊敏性が、四肢に秘められているのがわかる。

「居場所はわかった」

「それで」

「山に追いもどすように、手を打ってきた」

「………」

「どの道を辿るかわからんが、遅くても四五日うちには、山に逃げ込むはずだ」

丑松は、深々と頭を下げた。

「この借りは、きっとお返しします」

丑松の指示を受けたふたりは、あっという間に木立の中に消えていった。

なにか言いたそうにしている丑松を、玄太は番所に招じ入れた。いろいろと聞いておきたいことがあった。

いちばん確かめておきたかったのは、彼らが藩の支配をどのように受け止めているかだった。ぬいの勧める雑炊を口にして、丑松は、ほうという顔をしていた。

「さきほど、借りができたと申したな」

「あの男をわしらの手に任せるように、図らってくださいました」

「それが、どうしてそなたの借りになるのか、おれにはわからん。詳しいことは言えぬが、藩には藩の事情があってのことだ」

丑松は、箸を持った手を顔の前で振った。

「藩のなさることに、関わりを持ちとうはございませぬ」

「しかし、又七にしてもリンにしても、その方らは藩の手助けをしておるではないか」

丑松は、困惑した顔で椀を置いた。

「佐伯さま」

丑松は、初めて玄太をそう呼んだ。

「わしらは、猟場さえ荒らされなければよいのです。保護も求めませぬが、どこの藩であろうと、身勝手な定めに従う気もございません」

ただし、と、丑松は強い口調で言った。

「藩の事情であろうとなかろうと、受けた恩は返します。わしらにできることで、お役に立たせていただきます」

丑松は、前任の国分喜三郎のことを話した。

国分も、初めのうちは山の者に受け入れられなかったらしい。

ところが、家中の上士が大勢の勢子《せこ》を引き連れて猪狩《いのしし》りにきて、子連れの猪を追い詰めたのだという。マタギの間では子連れの猪を獲ってはならぬ掟があって、居合わせた女が、矢を射かけようとした武士につぶてを投げつけたそうだ。手元が狂い、猪に逃げられた武士は女を捕らえて立木にくくりつけ、猪の代わりに矢の的にしようとしたという。

そのとき藪の中から現れて女を庇い、主の命に従って斬りかかってきた供の者たちを、木の枝で叩き伏せたのが、国分喜三郎だったという。

「その女は、又七とリンの母親でございます」

その女が国分の身のまわりの世話を続けたのだが、五年ほど前に死んで、リンが後を引き継いでいるのだという。

里の者が山菜や茸採りに山に入ることはよくあることだし、武士が鳥刺しに来ても、猟場を荒すのでなければ構わないのだが、中には面白半分に鳥の巣を叩き落としたり、マタギが仕掛けておいた罠を台無しにする不心得者もいるという。

そんなとき、相手が士分の場合は泣き寝入りするしかなかったのだが、国分は、相手が何者であれ、マタギの側に立ったという。

「三、四人の若いお武家を、苦もなく叩き伏せましたからね。あのお方は強うございました」

師をしのぐといわれた腕を、国分はこの山奥で生かしていたのだ。

「わしらには、国分さまに去られることが残念でございました」

国分喜三郎が、要職を捨てて山に入ったのは不惑《ふわく》の年齢、妻女に死なれた傷心だけが理由とは思えない。武士の生き方に見切りをつけたのか、この地で新しい生き方を求めようとしたのか、そこはわからない。

ひとつはっきりしていることは、佐伯藤之介が、山の者と国分の間に結ばれた信頼関係を、たくみに利用したということだ。

食いおわった椀に軽く手を合わせた丑松が、帰りしなに言った。

「佐伯さま、これからは、佐伯さまの動きを見張ることはやめます」

「おれが、信頼できるというのだな」

「奥方さまの雑炊は、これは山の者の味でございます。分け隔《へだ》てのないお方とは、又七も言っておりました。佐伯さまも、わしらの言い分を聞き届けてくださいました」

丑松が帰った後、玄太はぬいに酒はないかと訊いた。丑松の信頼を得たことには悪い気はしないが、それとは別に、酒が飲みたい気分になっていた。

これでよければと、ぬいが持ってきたのはリンに教えられて作った山葡萄《やまぶどう》の酒だ。渋みがあり、酸味が強いがまずくはない。

「昼間から酒とは、母が聞いたら卒倒します」

ぬいは、じぶんの盃も持ってきた。体つきが逞しくなったぬいは、大食いになっただけではなく、酒にも強くなっていた。

赤い酒を注ぎながら、ぬいは痛ましげな目をしていた。

「気の休まる暇が、ないようでございますな」

「なに、四、五日もすれば、片がつく」

「日下佐市どのは、湯に漬かりにきただけではありますまい」

大目付の密命を受けている佐市は、静江にもなにも話さずに来たに違いないのだ。ぬいに話すわけにはいかない。

「家にいては静江に頭が上がらないので、息抜きに来たのであろう。あの湧き湯が古傷によく効くと、喜んでおった」

まさかと笑ったぬいは、玄太の目をのぞき込むようにして言った。

「書き留めておられるもの、ときおり拝見しております。このぬいにはわからなかった玄太どののお人柄が拝察できて、興味が尽きませぬ」

「ただの覚え書きだが、勝手に読まれてはこまる」

「風流人の気質があるとは、夢にも思いませんでした」

「風流人などとは、バカなことを申すな」

「バカなことではございませぬ」

笑いを消したぬいの目は、真剣だった。

「玄太どのには、そうなって欲しいと望んでいるのです」

気ままに山の暮らしを楽しんでいるかに見えたぬいも、玄太の心の底に渦巻く迷いが気になっていたのだろう。玄太の胸に、温かいものが流れていった。

「ぬい、湯浴みに行くが、そなたも一緒にどうだ」

「真昼間から、湯浴みでございますか」

「だれも見ている者はおらぬ。山の者も、おれの監視の目は解いた。千代どのの耳に入ることはあるまい」


あれから三日経っているが、丑松も又七も姿を見せなかった。この広い森のどこかに身を潜めて、あの男が来るのを辛抱強く待っているのだろう。

玄太は、これまで通り山回りを続けていた。秋が足早に迫っていて木々が色づきはじめている。わけても、ウルシの葉の赤は目にしみるようだ。

秋になると獣の動きが活発になり、青猪をよく見かける。群れを作って走る鹿の白い尻も何度か見た。冬ごもりを前にして、熊が歩き回ると聞いているが、玄太はまだ出くわしてはいない。

マタギの掟に口出しする気はないが、猿を食って飢えをしのがざるを得なかった男が、哀れになっていた。仕事をしくじったからには、報酬は得られなかったろう。窮余の一策で神崎家から金を脅し取る気になったのだろうが、相手がわるい。山に追い戻されるしかないのだが、そこには半弓を構えた山の者が待ち構えている。

「雇われイヌ」とは、法も人道も無視するやくざ稼業であろう。辰吉から聞いたところでは、この連中には、依頼主が善玉であろうと悪玉であろうと、そんなことはどうでもよいことで、貸し金の取り立て、商売敵へのいやがらせ、女遊びをする亭主の尾行、恋敵への脅し、そんなことを請け負うのが「小物」で、仲間内では「カメ」と呼ばれるそうだ。カメとは、ちょこまか動く、小型の犬だという。

大名家や豪商に雇われて密偵、刺客を請け負うのが「大物」で、これは仲間内でも顔を知るものは少ないが、こんどの男は、おそらくその部類に入る者なのだろう。なまなかな腕ではないはずだ。

（松原惣右衛門をし損じたのが躓《つま》きのもとだが、猿を食ったのが命とりだったな……）

ツキから見放されて、やることなすこと悉《ことごと》く裏目に出る博徒のようなものだ。年貢の納め時だとも思うが、気の毒な気もする。

いつもの大石に腰を下ろした。その大石は小高い所にあって見晴らしが利く。熊や猪の襲撃を避ける用心からも、玄太はそこでにぎり飯を食うことにしていた。

背負っていた刀を外し、竹筒の水を飲もうとしたとき、笹原の中を駆け抜けて来る影を見た。笹原は、向こうの木立の途切れ目からこちらに広がっていて、背丈を越す笹が生い茂っている。

なにが潜んでいるかわからず、玄太には足を踏み入れたくない場所だ。陽射しをまともに受けた笹の海が水脈のように割れて、黒い影が見え隠れしている。遠目だが、あれは獣ではない。

玄太は、脇に置いてあった刀をつかみ上げ、腰に吊るした毛皮を外した。座布団にもなり笠にもなる重宝な物だが、素早く動くとなると脚にからみつくのである。

気の毒ではあるが、見逃してやるわけにはいかない。丑松の信頼を裏切ることはできないのだ。

笹原の途切れる辺りのブナの大木に身を隠していると、遠くから指笛が聞こえてきた。山の者が居場所を伝えあう合図らしい。指笛は別の方角からも聞こえてきた。獲物を追い詰める包囲網が確実に狭まっているのだ。

そのとき、玄太のすぐ目の前の枝を伝って、猿の群れが移動して行った。

（まさしく、これは猿の祟りだな……）

こうなれば、迷信などと笑ってはいられない。

荒い息づかいが聞こえてきた。笹原を突っ切って、こちら側の樹林に逃げ込んできたのだ。

男は、立ちふさがる玄太を見て二間ほども飛び下がり、ふところに手を入れて低く構えた。

さほど若い男ではない。場数を踏んできた男の陰惨な凄味が、その険しい目つきにはある。伝わってくる殺気は、前に藪越しに感じたものと同じだった。

猿を食った男に間違いなかった。

男の頭上には低い枝がのび、藤蔓が垂れ下がっている。匕首《あいくち》の方が斬りあいに有利とわかっているのだ。また指笛が聞こえた。三方向からで、前よりはよほど近くなっている。

それがなんであるか、男にはわかっているらしく、目に焦りの色が見える。

（こんな男に死に物狂いになられたら、丑松たちもただではすむまい……）

玄太は、言ってみた。

「どうあがいても、逃れられぬぞ」

「………」

「山の者は、おまえが猿を殺したから怒っておるのだ。納得のいく償《つぐな》いをすれば、命までとるとは思えん」

「………」

「どこまでも逆らうというなら、おれは山の者の掟に従うしかない」

「前にも会ったな」

「茂み越しではあったがな」

「なぜ、おれのじゃまをする」

「そんなことより、ふところの匕首を捨てるか半弓の的《まと》になるか、どっちかを選べ。山の者は、すぐそこまで来ておるぞ」

疑わしい目をしていたが、男の体から殺気が消えたのが、玄太にはわかった。

三方から包み込むようにして、半弓を構えた男たちが現れたのは、間もなくだった。

「この男に、間違いございませぬか」

丑松が、男に目を据えたまま、玄太に確かめた。

「間違いない」

「ありがとうございました」

「命をとるかどうかは、相手の出方しだいだといったな」

「できることなら、山を人の血で汚したくはございません」

「つまり、猿の供養になれば、それでよいのだな」

「そういうことです」

この男の生き方は感心しない。いわば外道の生き方だ。

しかし、外道に堕ちるにはそれなりの理由があろう。あの辰吉だって、食うためにこの稼業に手を染めたことがあるのだし、この男も、猿の生肉まで食って続けたい稼業ではあるまい。

おれがやるしかないのかとつぶやいた、佐市の暗い顔を思い出す。二度と人を斬りたくないと言っていた佐市だが、過去の経験から、上役の意がどこにあるかわかっていたのだ。だが、神崎伊織との接触を絶った以上、この男を生かしておいたところで、藩政に障《さわ》りがあるとは思えない。

ぐっと迫ってくる草壁平助、そして佐伯藤之介の顔を、玄太は押し退けた。

「この男が、なにをすればよいのだ」

丑松は、少し考えてから言った。

「腕なり脚なりを一本へし折ってやろうと思っておりましたが、佐伯さまが気がすすまぬなら、ましらさまを殺めたことを悔いる証を示すのであれば、手荒なことはひかえましょう」

「頭を丸めさせて、猿塚を作らせてはどうだ」

「………」

「この男とて、にぎり飯ひとつあれば、あのようなことをせずにすんだのだ。二度と祟りを招くようなまねをするはずがない」

「佐伯さまが請け合いますか」

「この男がふたたびこの山に入ることがあれば、おれが斬る」

「そこまで言われるならば、異存はございませぬ」

ひとつの賭けだった。逃げられていれば、丑松との約束を反故《ほご》にしたことになる。それだけではない。じぶんの判断の甘さを嘲笑されることにもなったのだ。

頭を青く剃《そ》られた男が寝部屋から出てきたとき、玄太はほっとした。

昨夜、ぬいに頭を剃ってもらっている間も、男はずっと黙りこくっていた。ぬいが語りかけても、返事をしなかった。命を助けられたにもかかわらず、礼のひと言も言わない。

しかし、剣呑《けんのん》なものは伝わってこない。観念したというより、深く考えごとをしているかに見える。年のころは三十前後だが、頭を丸坊主にした顔からは、険しさが消えていた。意外にほっそりした体つきで、指が細い。力仕事をしたことがないのだろう。

「何日かかるかわからぬが、石を積み重ねて猿塚を建ててもらう」

「…………」

「山の者の目が光っておるから、逃げることなぞ考えぬことだな」

男は目だけでうなずいた。

「ところで、名を聞いておこう」

男は無言のまま首を振った。明かす気はないらしい。

「それでは、サルと呼んでおくが、それでよいな」

場所は、あの茂みの中だった。死骸を埋めた跡に土が盛られていた。

「ここに、手頃な大きさの石を、七段ほど積み重ねたらよかろう。大きいのから順に重ねたら、崩れることはあるまい」

玄太が指示するまでもなかった。サルは平たい丸石を吟味して選び、安定するように重ねていく。玄太は子どものころ、東吾の下で働く石工を見ているが、サルは、石の凹凸をうまく利用してきっちり重ねる術を心得ている。

ただし、力仕事に馴れていない上に、石選びに手間をかけるから、仕事がはかどらない。玄太が手を貸そうとすると、サルは無言のまま拒んだ。

一日目は、三段重ねて終わった。その夜、生爪《なまづめ》を剝《は》がしかかっていた指を、ぬいが手当てをしてやったとき、サルは初めて「すみません」と口を利いた。

そして、玄太が湯浴みに誘うとついてきて、湯船に漬かりながら、向こうから話しはじめた。

「お役人さま、いくら考えても、あっしを助けてくれた理由がわからねえのでして」

「おまえに、神崎家ともめごとを起こされては困るのでな」

「それなら、あっしを消してしまえばすむことでござんしょう」

「山の者に、おまえの身柄を渡す約束があった」

「…………」

「斬り死にする気でおったか」

「へい」

「そんなことをされては、おまえの腕では、ひとりふたりは道連れにされてしまう」

「それだけの理由でござんすか」

サルは、なぜ玄太が斬ろうとしなかったか、それが腑に落ちないらしい。玄太にしても、その理由を説明することは難しかった。

「おまえのやっていることは褒められたことではないが、大身の神崎家をゆすろうとした根性が気に入ったのでな」

サルは、怪訝な顔をしていた。

番所にもどると、サルは食事の支度をしているぬいの手伝いをはじめた。所帯染みたことが身についているらしい。

（この男、江戸にいるときの表の顔は、女房や子どもを大事にしている職人なのかもしれない……）

五日ほどかけて、猿塚ができあがった。高さ五尺ほどの立派なものだ。できあがるのを見計らっていたように丑松が現れ、サルが塚の前に膝をつき、手を合わせるのを見届けると、満足そうにうなずいていた。

翌朝早く、サルは番所を出ていった。最後までサルで通し、名を明かさなかった。

第五章　越　冬

一

秋が急速に深まっていく。

紅葉した葉が散ってしまうと、森の中は天井が取り払われたように明るい。しぐれの後に、鮮やかな虹が立つことがある。そんなとき、根元の辺りが靄《もや》になっているだけに、この地はまさに天界だという気がする。

番所から少し下った所に、なだらかな草原がある。

そこだけ大木が育たないのは、一尺ほど掘ると岩盤になっているからだ。岩盤が地表に現れている個所があって、畳十枚ほどの岩場になっている。そこで野うさぎが遊んでいるのを見かけたこともあるし、血まみれの骨が散らばっているのを見たこともある。二羽の大鷲《おおわし》が、羽根をばさつかせて争っていたのもその岩場だった。

その日、玄太が岩場にいたのは、そろそろ辰吉が来るころだと思ったからだ。相手が辰吉の場合、こうした玄太の勘が外れることは、まずない。玄太の勘が冴えるというより、辰吉の方が、玄太の心の裡を読み切って行動しているからともいえる。

米や味噌などは、又七が運び上げてくれる。しかし、ぬいにしても玄太にしても、入り用な物はほかにもあるわけで、辰吉に頼むしかない。

風流心が身についたわけではないが、このところ戯れに描いている草花や鳥獣に彩色する顔料が欲しかった。筆も細いのが欲しかった。前に来たとき頼んであったので、城下では手に入りにくい顔料も、なんとかして取りそろえてくれるはずと、昨夜から心待ちにしていたのである。

草原の端の木立の中から、人影が現れた。

(やっぱり、来たな)

玄太が立ち上がろうとしたとき、辰吉に続いて現れた人影が見えた。弥助を連れてきたのかと思ったが、そうではない。野羽織野袴《のばおりのばかま》姿の士分がふたり、小者がひとりついてきている。

(山回りの役人か。いったいなんの用だ……)

自身が役人であるにもかかわらず、玄太は役人を毛嫌いしていた。

辰吉が駆け寄ってきた。

「旦那、案内を頼まれやしてね」

「何者だ」

「仙之助さまでございますよ」

「なんだと」

「わざわざあっしの店まで来て、案内してくれと頼まれやした」

「兄上が、おまえの店に行ったのか」

「へい、顔を隠しておりやしたが」

仙之助は玄太と違って、子どものころから町場に出て買い食いをするようなことはなかった。大人になってからも、ほかの若侍のように、五つ橋界隈に出かけて酒を飲んだりすることはない堅物である。辰吉の店の暖簾をくぐるには、それなりの覚悟を要したとみえる。

玄太は、岩場を下りて、ゆっくり近づいてくる仙之助を待った。

玄太の前に立った仙之助は、笠を取ると、「お役目大儀でござる」と、はなはだ紋切り型の挨拶をし、連れの武士を紹介した。領内の森林を管理する役人だという。がっちりした体格の中年の男だ。顔も首筋のあたりも日に焼けている。

男は、まわりを見回しながら言った。

「ここが、噂に聞く青猪番所でござるか」

森林管理役とは郡方に属し、木材の伐採や搬出を監視する役だが、用材に適さないブナが多く、樵が入ることのないこの辺りには足を踏み入れたことがないらしい。

ぬいが出迎えに出た。筒袖《つつそで》に軽衫《かるさん》、髪をぐるぐる巻きに束ねているぬいに、慇懃な挨拶をしながらも、仙之助は困惑した顔を見せていた。藩でも指折りの名家である佐伯家の息女が、いかに山暮らしとはいえ、こんな身なりをしているとは思ってもみなかったのだろう。

家の中に入ってからも、困惑顔は続いていた。剥き出しの梁《はり》は煤《すす》だらけで、板敷きに獣の皮を敷いてあり、土間には薪が積み重ねられている。仙之助の目には山賤の住まいにしか見えないのであろう。

仙之助は小者に持たせてきた包みを、ぬいに差し出した。

「ぬいどのへと、登代《とよ》に託されました」

それは、端布を丹念に縫い合わせた綿入れの羽織、「どんぷく」というやつだった。

きみ江の見立て通り、仙之助の嫁は気立ての良い女性で、辰吉や弥助にまで気をつかってくれるそうだが、義弟の妻に心尽くしの贈り物をしてくれたのだ。

「兄上、これは結構な物を頂きました。姉上には、ぬいが喜んでおったとお伝え下さいまし」

そのとき、傍らにいた管理役が、慌て顔になった。

「それでは、浦辺どのは兄者でござるのか」

仙之助は、玄太が実の弟であることを明かさなかったのだろう。公私混同はせぬとばかりの、いかにも仙之助らしいやり方である。

役人が更に驚いたのは、ぬいが佐伯藤之介の娘であるとわかったときだった。青猪番所勤めの軽格とみてか、どこか尊大だった態度が、急に変わった。

仙之助は、生真面目な顔で用件を切り出した。

八つ手沼干拓事業で出費がかさみ、藩の財政は行き詰まっているという。城内からも領民の間からも「金食い沼」と言われているのに、新たに水路を作るとなれば財政の上からも困難で、重職の間で意見がまとまらないのも、そのためだそうだ。

ところが、水路を作らなければ、干拓事業そのものが失敗ということになり、これまで注ぎ込んだ経費は無駄になると強く主張しているのが古林中老で、経費を工面する方法はないかと、勘定奉行に直々に相談を持ちかけてきたという。勘定奉行は、ない袖はふれぬとつっぱねたものの、仙之助の進言をいれて、木材を伐採して江戸に送ればいかほどの利が上がるか、調査することを許してくれたそうだ。

さすが「算盤いらず」の異名をとるだけあって、仙之助は水路の長さ、幅、深さから、掘り出す土の量、かかる日数、人夫の頭数まで数字をあげて示し、かかる経費と、それに見合う伐採木材の石数《こくすう》をあげた。

「江戸はいま、木材が払底《ふってい》していると聞いておる。七つ浜から江戸に向けて積み出せば、水路工事の経費を捻出することはできる」

秀才型の人間にはよくある、計画の完璧さを自負している顔だ。

ところが、仙之助の示した案に難色を示しているのが片平左門だという。古林中老の強い推薦で郡奉行になった男だが、受けた恩義と、郡奉行としての見識は別だとする剛直な人物らしい。

片平の言い分は、江戸に送るとなれば、素性のいい良材ということになる。檜《ひのき》の育たない当藩では杉ということになるが、ここ何十年も植林に手を抜いていたため、よほど奥地に入らなければいい杉は揃っていないということ、いまひとつは、搬出を楽にするために伐採の場所をせばめることをすれば、その場所は、今後何十年も木の育たないはげ山になり、森に依存して暮らしている領民の生活が成り立たなくなることだという。

郷方勤めが長かっただけあって、机上の計算では通用しないところに、目が行き届いているのだ。

玄太は、城内の薄暗い詰所で会った、皺の深い、白髪の多い人物の顔を思い出していた。風采《ふうさい》はあがらなかったが、なかなかの人物らしい。

(それで仙之助は、良材を伐り出せる場所を探し回っているのか……)

勘定方役人としての熱意はわかるが、この森を荒させるわけにはいかない。

それは、藩とマタギとの暗黙の契約でもあるのだ。

「この辺りは、ブナが多い。用材に適する木があるとは思えぬが」

先手を打った玄太の言い方に、仙之助は眉根を寄せた。

「その判断は、こちらがする」

高飛車な役人の言い方になっている。子どものころの「賢兄」の顔が、いかにも能吏型役人のいまの顔と、重なって見えてくる。「愚弟」の軽挙妄動を戒《いまし》めるのが常であった仙之助への反発が、玄太の胸の中にむくりと動いた。

「おれは、木材のことはわからぬ。しかし、この山の木が多くの獣や鳥の命を支え、人の暮らしを支えていることはわかっておる。無闇に木を伐り倒して森を壊すことには、賛成いたしかねる」

「無闇に伐るとは言ってはおらぬ。それに、そなたは、藩の財政建て直しに口出しできる立場ではなかろう」

玄太は、腹を据えて言い返した。

「藩の財政に口出しなどしておらぬ。森を壊されてはこまると言っているだけだ」

「だれが、こまるのだ」

玄太の顔に、じんわりと血が上った。

古林中老の特命を受けている勘定方気鋭の役人と、番所役人とはいえ、藩の実力者である佐伯家老の婿との血相を変えた兄弟喧嘩に、どうしていいかわからずに、同行してきた役人はうろたえていた。

「ここが、隠密街道と呼ばれていることを、兄上はご存じか」

「ここかどうかは知らぬが、そのような抜け道があると聞いたことはある」

「マタギの衆には、ずっと昔から、自由に藩境を越えていい特権が認められておる。どこの藩の支配も受けない。恩義を重んじる者たちで、猟場は侵しさえしなければ、役に立ってくれるが、農民と違って藩の意におとなしく従うわけではない」

「…………」

仙之助の顔に困惑の色が浮かんだ。自負心は強いが驕慢《きょうまん》な性格ではない。おのれの無知を恥じる謙虚なところは、昔からなかったわけではない。

「浦辺どの」

当惑しきっていた管理役が、いくらか遠慮がちに口を出した。

「山走りと呼ばれている者がおって、藩境を越える怪しい者の監視をしていると、拙者も耳にしたことがあり申す」

しばらく黙り込んでいた仙之助が、顔をあげた。

「わかった」

頭の回転が早い男だけに、「山走り」なる者の役割の重大さが、木材の価値より上回ると、頭の中の算盤ではじき出したのだろう。

「拙者には、いささか心当たりがあり申す。そちらを調査されてはいかがかな」

役人は、ほっとした顔になっていた。

泊まっていけと勧めたが、仙之助は首をふった。

「調査して回らねばならぬ地が、ほかにもある」

この熱心さが、立身出世の機会と思ってのことでないことはわかる。

しかし玄太には、兄のこの生真面目さ、堅苦しさが、どうしても苦手である。

「これを、登代どのに」

ぬいの差し出した手作りのアケビ籠にいれた蜂蜜《はちみつ》の瓶を、慇懃に礼を言って仙之助は受け取った。

しぐれの中を、森の入り口まで見送りに行った玄太に、仙之助は、初めて肉親らしい口の利き方をした。

「冬が近いゆえ、随分と体に気をつけるがよい。父上も母上も、それを案じておる」

「心配なさらぬように、兄上から伝えてくだされ」

「そなた、山を下りる気はないのか」

「いずれは下りますが、いまのところ、その気はございませぬ」

うんとうなずいて、仙之助は森の中に消えていった。

その日の夕方、湧き湯の岩場で玄太の背中を流しながら、辰吉が言った。

「仙之助さまが一生懸命なのは、お父上の東吾さまの願いを、なんとしてもかなえてやりたいからではないのですかい」

「兄上は、役目に私情をはさむ男ではない」

「それはそうでしょうが、孝心は私情とは別物だと、あっしには思えやすが」

いつになく、絡みつくような言い方である。

「旦那の気持ちはわからないではねえが、もうちっと、おだやかな話の進め方があったんではござんせんか」

血相を変えた兄弟喧嘩が、辰吉には不満らしい。

「おれの役目は、マタギの衆の狩猟場を侵す者を取り締まることだ。それができなくては山の者は、おれに背を向けてしまうわ」

辰吉は、大きくため息をついた。

「旦那は、いつまでもここにいていいお方ではないんですぜ。ぬいさまにしてもそうだ。このままでは、本物の山姥になってしまいますぜ」

玄太のためなら、いつでも命を捨てる気でいる辰吉だ。こんな山奥に腰を据えられてしまっては、死に花が咲かせられないとでも思っているのだろう。

東吾は、農民を水害から守るために心を砕いている。仙之助が藩の財政建て直しに腐心するのは、私利私欲のためでもなし、権力争いのためでもない。

（しかし、おれがここに来てやったことといえば、サルを助けたことで、後は、いい気になってへたくそな絵を描いているだけだ……）

仙之助の申し入れを、いわばむきになって突っぱねた後味の悪さもあって、辰吉のひと言ひと言が心に刺さってくる。が、気持ちをすっきり整理するまでには、もう少し考える時間が欲しかった。

秋は、あっという間に過ぎ去った。

葉の落ちた明るい林の中で、雪虫が舞っていたのを見かけた。その二日後、山犬の遠吠えも梟の声も聞こえてこない、しんと静まり返った夜が明けると、戸外は一面雪に覆われていた。雪が珍しいわけではないが、朝日を弾くはがねのような輝きには、自然に対する狎《な》れを戒めるかのような厳しさがある。

雪は、そのまま根雪になった。

リンが挨拶に来たのは、雪が降る三日ほど前だった。村里に近い麓の家に移り住むのだという。

長年続けてきた冬の越し方で、夏場に集めた獣の皮は、江戸から来る商人が買い取っていくし、猪や狸の毛も、筆屋が高値で買い取るという。蜂蜜や蜜蝋《みつろう》は城下でも買ってくれるところがあり、あけび蔓の籠なども売れるという。

「マンサクが咲いたら、山にもどってきます」

いくらか心細そうな顔をしているぬいに、リンはそう言って立ち去った。又七も、米をまとめて運んでくれた後、顔を見せなかった。

冬の厳しさは、想像をはるかに越えるものだった。

壁が厚く、寒さをしのぐ工夫はしてあるが、炉に火を絶やすことはできない。一晩中吹き荒れる夜は、玄太とぬいは毛皮にくるまり、身を寄せ合って眠った。板戸の閉め方に手抜かりがあって雪まじりの風が吹き込み、目覚めると毛皮の上にうっすらと雪が積もっていたこともある。

風のない月の冴えた夜もないではないが、秋口には天界と見えた辺りも、青い色の月光の下で静まりかえり、その静まり方には、なにものかのひそやかな息づかいがあり、冥府《めいふ》のようにも思えてくる。

カンジキを履いて山回りをしてみても、雪の上に点々と残る動物の足跡を見つけるくらいのものだった。地形を良く知っている道順でも、目印の岩や倒木が雪に隠されてしまうと、方角も距離感もわからなくなってしまう。

沢に下りようとしたとき、急坂を覆っていた雪がずずっと動き出し、カンジキが邪魔になって体の自由がきかず、地滑りが止まったときには、玄太は足を上に向けた恰好で雪に埋もれていた。幸い、沢の底までは二丈ほどしかなく、雪の量が少なかったから命拾いをしたようなものだ。

それに懲《こ》りて、見回る範囲を番所の近くの限られた場所にし、風の強い日や、雪の降り積もる日には、戸外にも出なかった。いかに隠密街道であろうと、この冬山の危険を冒してまで領境を越える者は、まずなかろうと思ったからである。

(四つ足の獣ならともかく、二本足でこの雪道を越えることはできまい。マタギの衆が里に下りたのも、そのためだろう……)

湧き湯までの一町ほどの距離にも難儀する。さすがぬいも心細げで黙りがちだった。屋敷にいたころも口数の多い方ではなかったが、山に来てからは、体の動きが活発になるのにつれて声高に話すようになり、高声で笑うようにもなっていたのだが、顔色も悪く、食も進まない。

猛烈な吹雪に襲われ、昼と夜の区別も定かでない薄暗い中で、轟々《ごうごう》と渦巻く風の音に怯えながら、囲炉裏の火を見つめて過ごす日もある。

（おれは、こんなところでなにをしているのだ……）

その日、囲炉裏の炎を見つめながら、ついついそんな愚痴めいた自問をしているとき、自在鉤《じざいかぎ》に吊るした鍋の雑炊が焦げつかぬように、物憂げに顔でかき回していたぬいの手が止まった。

うっとうめくと、ぬいは慌てたように立ち上がり、土間の隅に行ってしゃがみ込み、肩をひくつかせていた。

「ぬい、どうした」

心細さに耐えきれずに、泣き出したのかと思ったのである。

「なんでもありませぬ」

囲炉裏端に戻ってきたぬいは、別に涙顔ではなく、ふたたび鍋をかき回しはじめた。

玄太は言ってみた。

「ぬい、山を下りないか。ここにいてもなんの意味もないように思えるのだが」

「おまえさま」

鍋をかき回している手を休めずに、ぬいは言った。

「里心《さとごころ》がついたのでございますか」

「里心ではない。こう身動きがとれず、雪が解けるのを待っているだけでは、熊の冬眠と変わるまい。無駄に思えてきたのだ」

自在鉤から取り外した鍋から、いい匂いのする雑炊を椀に取り分けながら、ぬいは静かな声で言った。

「おまえさまのお決めになることでございます」

佐伯家のことなどかまわぬ、あなたがこうと決めるのなら、藩を捨てたってついていくと言ったぬいの言葉を思い出す。

「ぬい、おれがここに来てやったことといえば、あのサルという男に石塚を作らせたことと、兄上の申し出を断ったこと、さほど意味があるとも思えない山歩きをして、体が少しばかり軽くなったこと、へたくそな絵を描いてみる気になったことだけだ」

「わたしには、おまえさまのなさったことが、大筋では正しかったと思いますが」

ぬいの目に、いたわるような色が表れていた。

口に持っていった椀を置くと、ぬいはふたたび土間の隅に行ってしゃがみ込んだ。肩が大きく波うたせて、吐いている。玄太がそばに行って背中をさすってやると、ぬいは小声で、すみませぬと言った。

「ぬい、からだの具合が悪いのか」

口のまわりを拭いとると、ぬいは小さく笑った。

「病ではございませぬ」

「……………」

「ご心配なさいますな」

吐き気が治まると、ぬいは冷静な顔になっていた。

「殿御に慌てられては、こちらがこまります。おいおい体が馴れまするし、先のある話でございます。雪が解けるころに、山を下りればよいのでございます」

なんと、ぬいは身ごもっていたのだ。

二

猛々しい冬が去った。雪まじりの風が吹いても、凍てつくような寒さはない。ぬいの朝一番の仕事の水桶の氷割りも、槌《つち》を振らずにすませている。戸外に広がる雪原の表面がざらつき、光の反射が強くなっている。

「ぬい、なんとか冬を越せたな」

「はい、雪の下に蕗《ふき》の薹《とう》が顔を出しておりました」

台所口の近くでふた株見つけたという。味噌で和えた早春の青物の苦みが、体の隅々にまでしみわたるように旨かった。

大柄で肉付きがよいだけに、腹が大きくなっているようには見えないが、胎内の子は順調に育っているらしい。

ぬいは一時の吐き気がうそだったみたいに、食欲が旺盛になっている。男の子であるかどうか、思い悩んでいる風はなかった。あの薄暗い「鎧の間」のご先祖さまの意に従う気は、玄太にもなかった。

湧き湯の近くの、湯気が凍った氷華で厚化粧していた木々も、やっと素顔を見せるようになっていた。森の鳥獣の動きも活発になっている。大荒れの冬山で、どこに身をひそめていたのか、山犬の遠吠えが聞こえるようになった。昼間は小鳥の囀《さえず》りが聞こえてくるし、夜になると梟の声も聞こえてくる。

その日、又七とリンが連れ立って山にもどってきた。

リンの手にはマンサクの黄色い花が握られていた。三ヵ月ほどの里の暮らしで、リンはいくらか肥えて肌の色も白くなっていた。ぬいは小娘のように喜び、リンの肩を抱いていた。

ふたりを横目で見ながら、又七がふところから取り出した書状を玄太に渡した。裏を見ると「古」と書いてある。この一字には見覚えがある。玄太は念のために訊ねた。

「直々に渡されたのだな」

「へい」

「場所はどこだ」

「佐伯さまのお屋敷でごぜえます」

「若い武士であったか」

「へい、お役人さまと同じくれえの」

やはり、古林与一郎からのものだ。与一郎は江戸から帰ってきているらしい。殿が藩政改革に乗り出し、父善十郎が中老に返り咲いたものの、改革を好まない秋野派で固められている江戸屋敷では、側用人という格別の権限があるだけに、与一郎はいつ寝首を掻かれないとも限らない、危うい立場にあることは、玄太も知っている。

(その与一郎が国元に帰ってきているとなれば……)

いやな予感がする。手紙には至急会いたし、とだけあった。その短い文面からは、佐伯家の婿に納まったからには悠長《ゆうちょう》なことは許されないのだという、与一郎の叱責《しっせき》めいた声が聞こえてくる。

一年足らずの山の暮らしが無駄であったとは、思いたくない。なにかを得たはずだと思うが、これだと胸を張って言えるものは、玄太にはなかった。

(権力抗争で渦巻く現実の政の世界で、生き方を固めるしかないのか……)

玄太は、複雑な色が浮かんでいるぬいの目を振り切る思いで、その日のうちに山を下りた。

一歩下るごとに、手早く暦が繰られるように春が近づいてくる。麓の林の中にはすでに雪はなく、そちこちに花の彩りがあり、木の枝にも若芽が芽吹いていた。季節の推移に取り残されていたという思いが、妙に玄太の胸に苦かった。

「貴殿には、江戸詰めをしてもらう」

前に会ったときから一年半経っている。その間、側用人に出世している与一郎は、いくらか肥えたせいもあって、貫禄《かんろく》が出ている。

もともと、少年のころの土屋道場の同門の仲だが、佐野や熊谷とは違って、上士の出でありながら身分や家柄などにとらわれない公平公正な男だった。

玄太や佐市にも、向こうから気さくに声をかけてきたが、「おれ」「おまえ」で呼びあう親密さはなかった。古林与一郎が名を呼び捨てにし合うのは、江戸屋敷詰めの黒部鉄十しかいない。その黒部が、江戸上屋敷とは、化け物屋敷だと漏らしていたことがある。

殿の側用人とは、阿諛があり欺瞞があり、策謀がありと、化け物が蠢《うごめ》く渦中に身を置いているようなものだ。正義感が強く、真っ直ぐだった性格にしたたかさと柔軟さが加わってはいるのだろうが、どこか堅苦しいものの言い方に、玄太は、与一郎の秀才にありがちな孤独の影を見たような気がした。

「殿がそれを望まれたそうだ。観念するしかあるまい」

そばからそう言うと、藤之介が手を叩いて青沼作次を呼び、自分の寝床を別の部屋に用意するように言いつけた。

「わしは、もう付き合わんでもよかろう。この部屋を明け渡すゆえ、じっくり話し合うがよい」

藤之介が部屋を出ていくのを見すまして、与一郎は心もち膝を崩した。

「貴殿には、いつも無理難題を持ち込むことになる」

「伺おう。なにが、あったのだ」

「江戸屋敷では、後から後から吹き出物のように、嫌なことが持ち上がる」

「…………」

与一郎は、いま江戸屋敷が抱えている問題点を、明快に分析してみせた。

与一郎が挙げたのは、正室《せいしつ》お松《まつ》の方の浪費癖だった。

着物のほかに装身具や調度品にいたるまで異様な凝りようをみせ、一枚の打ち掛けに百両を費やしたという。そのほかにも美食を求め、芝居好きでもあり、贔屓の役者に与える祝儀に糸目をつけないという。

「あの藩邸に、よくそんな金があるものだな」

玄太は、江戸屋敷で世話になった古内《ふるうち》という老人を思い出した。表御殿のことは古内に聞けといわれるほど、屋敷内のことに精通している老人である。

玄太が与えられた長屋の屋根は破れ傘同然だったが、貧乏藩ゆえ修繕費用がない、すまぬがここで我慢してもらおうと、雨漏りのしみが広がっている天井を見上げながら言ったのである。

「藩邸にあるわけはない。みんな借財だ」

与一郎は、苦々しげに吐き捨てた。

「しかも、借りる相手が悪い」

金子《きんす》を用立てているのは、津濃藩の御用商人の丸金《まるきん》だという。

納戸《なんど》役と出入役に確かめたところ、借入金は、すでに一千両を超えているという。

「だれも、なにも言わぬのか」

「借用書は、江戸家老の名で出すことになっているが、あまりの金額の大きさに、納戸方の小出《こいで》という男が上役に警告まがいのことを言ったらしいが、小出はすぐに役を解かれてしまった」

「つまり、江戸家老も納戸方の上役も、浪費に目をつぶっているということだな」

「目をつぶっているだけではない。浪費をそそのかしているふしもある。借入金の一部をじぶんのふところに入れている疑いがある」

江戸家老の蛭巻《ひるまき》は、国家老の秋野主膳と密接な繋がりを持つだけではなく、神崎家とは姻戚関係にある男だ。

「で、殿はそのことに気づかれて、なにか手を打とうとなさっておられるのか」

頰に血があがった玄太を見ながら、与一郎は、いや、と首を振った。

「英邁な気質ながら……」

与一郎は、言い直した。

「英邁の気質ゆえと申すべきか、殿は家臣の理非曲直《りひきよくちょく》を糾《ただ》すに口を出さぬお方だ。薄々勘づいておられても、罪科の究明を大目付に任せる姿勢を、決して崩すことはない」

どこか回りくどい言い回しには、「殿は育ちが良すぎる」と漏らした藤之介の言葉と似た響きがあった。

玄太は訊ねた。

「さきほど、それがしの江戸行きは殿の命と申したな」

「佐伯玄太との名指しである。殿は、以前から貴殿の江戸詰めを望んでもおられた」

「しかし、いま聞いたかぎりでは、それがしの役があるとは思えぬが」

与一郎の目が、妙な光り方をした。

「貴殿の江戸での役向きは下屋敷の警護となっておる。側室《そくしつ》の紀尾《きお》さまの身辺警護だ」

「なんだと」

お松の方が生んだ豊丸君《とよまるぎみ》はいま十歳だが、世子《せし》としての器量を危ぶむ声があるのだという。おそれながらと、与一郎は言いにくそうに言った。

「それがしが拝察する限りでは、暗愚の性質とは思えぬのだが」

しかし、病弱であることは確かで、ときには奇矯《ききよう》な言動をとられることもあるという。

「お松の方さまの、疑心暗鬼《ぎしんあんき》なのだ」

与一郎は、いきなりそう言った。

「それに、悋気《りんき》が加わっておる」

三十を過ぎてから容色の衰えを気にし出し、衣装に凝り、厚化粧になったという。もともと派手好みであり、勝気でもあるのだが、言葉に含む刺《とげ》が年々鋭くなり、その刺を疎《うと》まれてか、殿の寵愛は側室の紀尾さまに傾き、お松の方の浪費癖は、そのころから顕著《けんちょ》になったという。

紀尾さまの懐妊がわかると、悋気に歯止めがきかずに陰惨なものに膨れ上がっていき、紀尾さまお気に入りの側女中がささいなことで髪を切り落とされたり、膳のものに妙なものが混じっていたり、紀尾さまの打ち掛けに大きな黒こげがあったりと、執拗《しつよう》な嫌がらせが続いたという。

「紀尾さまにお子が生まれては、豊丸君の世子としての立場が揺らぐとでも思っておられるのであろう」

「それで、それがしに紀尾さまの身辺警護を命じられたのか」

「それだけなら、わざわざ貴殿を国元から呼び出すまでもない。黒部鉄十にでも任せておけばすむことだ」

「まだ、ほかにあるのか」

与一郎は冷めきった茶を引き寄せて、唇を湿した。

「殿の意は、ほかにあると見ておる」

「…………」

「殿は迷っておられるのだ」

「なにを、だ」

もう一度唇を湿して座り直し、胸を起こした古林与一郎の顔には、切れ者の側用人から一歩踏み出したかのような、凄味が現れていた。

藩政の沈滞を打破すべく、人事の刷新を秋野家老に命じたのは英断ではあったが、結果は秋野派の力が温存されただけで、そのことに殿は首を傾げているという。

「殿は、秋野家老の老獪さを甘く見られたのだ」

与一郎は、玄太の目を見据えたまま言った。

「殿は、さらに一歩踏み込んだ改革を考えておられるが、断行するかどうかで迷っておられるのだと、拙者は見ておる」

秋野派に牛耳られてきた藩政に、これと言った失態がないかに見えるのは、藩の安泰を優先して臭いものに蓋をしてきた姑息《こそく》なやり方が続いてきたからだと、与一郎はきっぱり言い切った。

「貴公、それは殿のご見解か」

「いや、殿はさようなことを漏らすお方ではない」

「となると、貴公の見解ということだな」

臭いものに蓋をしてきたのは、なにも秋野派の内部の庇い合いだけではない。玄太から見れば、ここぞというときに捜索の打ち切りを命じ、表沙汰にならぬように計らってきたのは、佐伯藤之介ということになる。藤之介が果たしてきた役割を、与一郎が知らぬはずはない。

「貴公、その見解を佐伯家老に話したのではあるまいな」

まさか、と、与一郎は小さくわらった。

玄太には、やっと与一郎の肚の裡が読めてきた。

（この男、殿のご意思を先取りして、秋野主膳だけではなく、佐伯藤之介とも、ひょっとしたら父の古林善十郎とも対立する覚悟を決めているらしい……）

玄太は、じっと与一郎の目を見返した。これまでいろいろと迷いがあった。疑念もあった。それらが一気に晴れていくような気がする。

籠絡の手管を心得ている秋野主膳、一滴の血の跡も残さずに急所を抉《えぐ》る「かまいたち」の異名を持つ佐伯藤之介、高邁な見識のある理論家古林善十郎を相手にするとなれば、幕府の隠密や津濃藩の密偵を相手にするよりも勝ち目は薄い。しかし、おれがやりたかったのはこれだったのだと、目からうろこが落ちる思いがあった。

玄太の表情の変化を注意深く見ていた与一郎が、低い声で言った。

「われわれがやるしかない」

「わかった」

どちらから言い出すというわけでもなく、ふたりは刀を引き寄せて、かちんと鍔《つば》を鳴らした。同志としての固い契《ちぎ》りの作法である。

夜が、明けはじめていた。


与一郎は、じぶんの家でひと眠りをすると言い残して、朝靄の中に消えていった。玄太が千代の部屋に挨拶に行ったのは、夜が明けきってからだ。

「なんじゃ、来ておったのか。それにしても、むさい身なりをしておるの」

千代は、露骨に顔をしかめた。

「で、ぬいはどうしたのじゃ。一緒に来なかったのか」

「急用ゆえ、それがしひとりで参りました」

「ふんっ、あの強情者め」

ぬいが、家に来ることを拒んだととったらしい。

「そろそろ、音《ね》を上げると思っておったのじゃが」

佐伯家は、藩主家がこの地に入部する以前からの家臣である。藩主家が領地に揺るぎない支配力を培うには、この地に深く根を張っていた豪族を抑え込まなければならなかったはずだ。籠絡もあり奸計《かんけい》もあり妥協もあったと推察できる。「ご先祖さま」は、いかなるときも血も汗も流して藩主家を支え、忠臣に徹してきたのであろう。そして、藩主家を守る自負心と責任感が、いつの間にか佐伯家の硬直した家風となり、珍妙な家訓まで編み出したといえよう。

千代はその家風を守ろうとし、ぬいは逃げ出そうとしている。藤之介は知らんふりすることができようが、玄太の立場ではそうはいかない。

玄太は、江戸詰めになったことを報告した。

「そうか、江戸詰めとは結構なことじゃ。それでは、ぬいも江戸に行くことになるのじゃな」

玄太は、いくらかおよび腰で答えた。

「いや、身ごもっておりますゆえ、江戸までの旅は無理かと」

千代は目を剝いた。

「なんじゃと」

「この屋敷で、母上の下で暮らすのが、上策かと存じます」

千代は慌てたように立ち上がり、うろうろしてからまた座り直した。

「いつ、生まれるのじゃ」

「秋口かと」

「それで、ぬいはいつ屋敷にもどるのじゃ」

「早速にでも。それがし、山にもどって連れてまいります」

そうか、そうかと、千代はふたたび立ち上がった。そして利助を呼び、きみ江のところに走らせた。

「外孫とはいえ、きみ江どのにも初孫じゃろう」

どうやら千代は、佐伯家の家訓のことなど忘れているらしい。子であれば家訓を優先できても、孫となればそうはいかないということか。

朝食の席で、千代からぬいの懐妊を知らされた藤之介は、ほうっといった。

そして、そなたの江戸行きは、郡奉行の片平にわしから伝えておく、そなたはひとまず山にもどり、ぬいを連れてきたらよかろうといった。

朝食のあと、玄太はこっそり「鎧の間」を覗いてみた。薄暗い、それでいて水のように微光が満ちている部屋の中には、黒革の大鎧が据えられ、水牛角《すいぎゅうづの》の兜があり、太刀やら香炉やら茶碗やらと、代々の先祖が、代々の藩主から拝領した品々が並んでいる。一昨年、玄太が殿から賜った刀も、陳列品に加わっている。

これまで、じぶんの歩むべき道筋がはっきり見えてこなかったのは、佐伯家という家格に縛られていたせいもある。家訓に従い、「ご先祖さま」の目を意識しながら生きるのであれば、稀代の切れ者と言われる藤之介でさえ、手枷《てかせ》をかけられることになっている。

眼前に荒涼とした荒野が広がる光景を、玄太は夢の中でもよく見る。風が吹き荒れているだけのこともあるし、ずっと向こうに人影が見えることもある。人影は神崎伊織のようでもあるし、佐伯藤之介のようでもあるが、まだ確かめることができずにいた。

そしていま、その光景を頭に描いてみると、人影ではなくて、お稲荷さんの鳥居のように朱塗りの門が連なって見えてくる。

（おれは、あの門をひとつずつくぐり抜けることになる……）

一番手前の門をくぐることで、ぬいもじぶんも、佐伯家から解放されるのではないかという気がしてくる。

千代の孫に対する情愛を利用すれば家訓を破棄し、一気にあの門を駆け抜けることができるかもしれない。

（後は、ぬいをどう説得し同意させるかだ……）

夜、辰吉の店で佐市に会い、江戸行きのことを伝えた。

「そうか、やはり古林に引っ張り出されるか」

佐市は、きょうの明け方に、与一郎らしい人物が佐伯の屋敷から出てきたことを、早耳銀次《はやみみぎんじ》から聞いていたという。

「ただの江戸行きではなさそうだな」

「いずれ、おまえにも聞いてもらいたいことがある」

藩政の裏側の暗闇で、佐伯藤之介の意に従って血しぶきを浴び、使い捨てにされかかった佐市である。古林与一郎の意図するところは、この男にはわかるはずだ。

佐市は、上目遣いで玄太を見た。

「話はあとで聞くが、差し当たって、おまえと古林の身に危険が及ぶことはないのか」

「江戸に行けばなにが待っているかわからんが、城下ではそれはあるまい」

玄太、甘いぞと、佐市はまじめな顔で言った。佐市の嗅覚には、辰吉とはまた違った鋭さがある。

「殿の側用人が、わざわざ青猪番所詰めのおまえに会いに来たとなれば、動き出す者はおる」

おまえは山にいる間に一段と腕をあげたようだが、古林与一郎が心配だと、佐市は言った。

「国元を離れるまでは、おれがひそかに警護しよう」

翌日、辰吉と弥助を伴って山にもどると、玄太がなにも言わないうちに、ぬいは向こうから言った。

「おまえさまのお決めになったことに、ぬいは従います」

「母上は、そなたの懐妊を喜んでおった」

「はい」

ぬいは、唇をきっと引き結んだまま、うなずいた。

又七は、玄太が与えた山刀と竹筒を押しいただいて受けとった。夜になって丑松も番所に来てくれた。

前任の国分は、山の者は役人と一緒に酒は飲まぬといっていたが、丑松はぬいの勧める山葡萄の酒を旨そうに飲んだ。

「奥方さまの作られるものは、食べ物でも酒でも、わしらの口に合いますな」

玄太というより、この者たちはぬいに心を許していたのだろう。

第六章　江戸下屋敷

一

「旦那」

　初夏の陽射しに目を細めながら、辰吉はしみじみとした口調で言った。

「たいがいのお武家さまは遊んで暮らしているようなもんですが、旦那といい日下さまといい、それに古林さまといい、どうしてこうも、厄介ごとがつきまとうのでござんしょうかね」

　佐市の勘が当たっていたのである。婚約者の家に挨拶に行った帰り道、古林与一郎は何者かふたりに襲われたのだ。

　与一郎が抜き合わせるまでもなく、飛び出した佐市が追い払ったのだが、佐市には相手がだれであるか見当がつかないという。

「そこそこの腕の立つやつらだったが、逃げ足も速かった。逃げられては、おれには追う足がないのでな」

与一郎を側用人の座からひきずり下ろしたい輩《やから》は、いくらでもいる。その手合いとも考えられるし、津濃藩の者とも考えられる。

佐市は草壁平助に報告したのだが、平助は、与一郎が無事であると知ると、あとは握りつぶしてしまったという。背後に大きなものがあると読み取り、佐伯藤之介の指示を受けたとしか思えない。いつもの手だ。

与一郎が江戸に向けて発った五日後に、玄太は辰吉を連れて国元を離れた。

千代の望み通りに、弥助を屋敷に奉公させることにした。結構繁盛していたすっぽん料理屋は、須貝平八郎の手下の十手《じって》もち、早耳銀次の女房が引き継いだ。小料理屋であれば、銀次にとっても情報を集めるのに都合がいいし、女房の方も客商売をしてみたかったそうだ。

与一郎と交わした約束を、いかに辰吉とて話すわけにはいかないが、これまでのいろいろな経緯から、この男にはおおよそのところは見えているのだろう。

玄太には、江戸は三度目ということになる。

一度目は、藤之介の命を受けて、幕府の大物に接近しようとした神崎伊織の野望を潰す仕事だった。二度目は無断で藩を抜けた日下佐市を連れもどす仕事で、これは藤之介の命ではないが、二度とも、鹿野屋万治郎の縁者の、うめという女の世話になっている。

お松の方の乱行の裏に商売敵の丸金がいるのであるから、いずれ鹿野屋の意を受けたあの女が出てくるような気が、玄太はしていた。

青猪番所に向かったときは、一歩一歩俗界から遠ざかる心地よさがあったが、江戸に向かう一歩一歩は魔界に踏み込むような心もとなさが、どうしてもある。

草加《そうか》の宿に入り、茶店でひと休みしていたとき、一度まえを行き過ぎてからもどってきた女が、玄太の前に立った。

「失礼ではございますが」

女は、玄太の顔を覗き込むようにして言った。まさかと思ったが、うめではなかった。まだ若い女である。

「佐伯さまでございますか」

「そうだが」

それでも女は、じっと玄太の顔を見ていた。目の動きからして、眉の端の傷痕を確かめたらしく、ほっとした顔になった。

「古林さまの使いの者でございます」

帯に挟んでいた手紙を渡すと、女は足早に去った。後ろ姿を目で追いながら、辰吉が言った。

「江戸屋敷に仕えている者には、違いありやせん」

女の履いていた塗り下駄が、木曽屋という履物屋から、納戸方が一括して買い取っている物だったという。

与一郎の手紙には、上屋敷には顔を出さずにまっすぐに下屋敷に行けとあり、簡略な地図と、連絡相手の名が書いてあった。紀尾さまお付きのお女中らしい。どうやら、お松の方さまの一派に、与一郎が国元に帰った意図を読み解いた者がいるのだろう。

「辰吉、はな屋に行って、とろろ飯を食う暇はなさそうだ」

「はなから、覚悟はしておりやした」

一度目の出府のおりに江戸中を歩き回っているから、玄太の頭にはおおよその地理は入っている。下屋敷のある日暮里《につぽり》のあたりは、広い農地の中にやたらに寺が多かったという印象がある。上屋敷からは、よほどの距離があるはずだ。

翌日江戸に入ったふたりは、地図をたよりに下屋敷を探した。千住大橋《せんじゅおおはし》を渡って小塚原町《こづかつぱら》に入り、右手に折れると、青々とした田圃《たんぼ》が広がっていた。用水堀沿いに瓦《かわら》葺きの大屋根の寺が見え、茅葺きの農家も見える。

農道ですれ違った百姓を呼び止め、地図にあった妙光寺《みょうこう》の場所を訊ねた。白髪まじりの百姓は、曲がった腰をのばして指さした。

「ほれ、あそこに見えるのが天王寺《てんのう》さまでございます。右手に小さな寺が並んでおりますが、それを突き抜けた所の、鐘楼《しょうろう》のある寺がそれでございます」

百姓は、怪訝そうな顔をしていた。

「おとついも、お武家さまに妙光寺の場所を訊ねられましたが」

「その武士の年格好とか、着ている物や顔の特徴はなかったか」

もしかしたら黒部鉄十か、熊谷隼人《はやと》ではないかと思ったのである。黒部ならばいつも青鈍色袴《あおにびいろばかま》を着けている。熊谷なら、髪をクワイのように頭のてっぺんで結っている。

「へい、さほどお若くはない、髭《ひげ》の濃いお武家さまでございました」

黒部でも熊谷でもない。古林与一郎でもない。

百姓と別れてから、辰吉が声をひそめて言った。

「旦那、もう手が回ってることですぜ」

妙光寺の山門を行き過ぎると、民家と武家屋敷が入り混じって続いていた。その中に、竹林を背にし、板塀を巡らせた屋敷があった。高い塀をまわしてあるだけで、厳めしさを感じさせない簡素な造りである。

ふたりはそのまま行き過ぎて、寺参り客相手の茶店に入った。団子と茶を注文した後、辰吉は小声で言った。

「旦那は、ここで待っていておくんなせえ。あっしが下見をしてきやす」

辰吉の顔は、もうすっぽん屋のおやじの顔ではなかった。

四半刻《しはんとき》ほどして、辰吉はもどってきた。

裏手の塀を乗り越えて屋敷にもぐり込むと、髭面の男が庭で木刀の素振りをしていたのを見たという。百姓が言っていた男らしい。

そのほかに庭掃除をしていた下男と、廊下を伝って行った台所女中の姿を見かけただけで、屋敷内はひっそり静まっていたという。

「いかにも、手薄って感じでやした。出入りを見張っている者はおりやせん」

与一郎の手紙にあった千賀《ちか》という侍女《じじょ》と会わぬことには、これからどう動いてよいのかわからない。その髭面《づら》の男が、与一郎が遣わした護衛役なのか、江戸家老の蛭巻の手の者なのかを、確かめる必要もある。

花の籠を頭に乗せた女と、子ども連れの百姓をやり過ごしてから門を叩くと、しばらくしてくぐり戸が開いた。顔を出した下男に来意を告げると、お待ちくださいと、戸は閉じられた。

つぎに顔を出したのは髭面の士分だった。男は玄太の名を確かめてから、門の中に入れ、じぶんの手で潜り戸のくるるを落とした。

四十に近い、目のぎょろついた大男である。名を名乗らなかった。

男は玄関わきの控えの間に案内した。しばらく待たされて現れた初老の女性は、背筋がのびて目に強い光がある。

「佐伯玄太どのじゃな」

立ったまま見下ろす千賀女には、奥女中頭《おくじよちゆうがしら》としての独特の威厳がある。

「ことの子細は、古林どのから聞いておろうな」

「あらましのところは」

「供の者を連れてきておるようじゃな」

「古林どのも、よく知っている者でござる」

逆に、玄太が問い返した。

「ここに案内した士分、あれはいかなる人物でござるか」

「古内のことなら心配はいらぬ。あれは上屋敷の清左衛門《せいざえもん》の甥《おい》にあたる男じゃ」

古内清左衛門ならば、与一郎が気を許せる数少ない者の中のひとりである。どちらかといえば貧相で小柄な老人だったが、甥ならば似ていなくても不思議ではない。

「腕のほどはわからぬが、鍾馗《しょうき》面であるゆえ、相手を怯ませる役には立とう」

厄除《やくよ》けの飾り物として屋敷内に住まわせておるが、そなたたちふたりを住まわせるわけにはいかぬ、宿はこちらで手配しておいたと、千賀女《じょ》は言った。

「男ふたりではなにかと不自由であろうから、食事は運ばせる。洗濯などの身のまわりの世話も、こちらでさせよう」

さすが奥御殿内の修羅場を潜ってきただけあって、辛辣《しんらつ》なことも言うが、千賀女は用心深さと行き届いた気配りの持ち主らしい。

小女が案内した家は竹林の奥の一軒家だった。竹林の中を通って、自由に屋敷内に入ることができるようになっていた。部屋がふたつ、土間があるきりの小さな家だが、それでも辰吉は隅々まで丹念に点検し、それが終わると家のまわりを調べていた。

(この男の助けがなければ、おれは半人前だ……)

玄太は、つくづくそう思う。地獄を見てきた男の凄味と経験と勘の鋭さが、辰吉にはある。悠長に腕を組んで考え込むことがない。上屋敷の熊谷隼人が玄太と辰吉を結びつけるきっかけを作ったのだが、いまにして思えば、熊谷に感謝したいくらいだ。

点検が終わると、辰吉は上屋敷の様子を見てくると言って出かけていった。

遅くなって帰ってきた辰吉の顔が、緩んでいた。

「人助けは旦那の十八番みたいなものでござんすが、無駄にはならねえもんですな」

上屋敷の目と鼻の先に新しい団子屋があり、屋敷に出入りする者の顔を見るにはもってこいの場所で、そこに入ったのだという。

「驚きやした」

声をかけてきた亭主が、なんと、あのサルだったという。

神崎の屋敷の松原惣右衛門に詫びをいれたところ、山の中で助けてくれたのが玄太だとわかると、惣右衛門は許してくれたそうだ。その上、玄太の役に立つ気があるなら、いずれは上府してくるだろうから、上屋敷を見張っておれと知恵をつけたという。

「あの男、団子屋を構えて、ずっと旦那が現れるのを待っていたんでさ」

女房と子どもがいたという。

「錺り職人かと思っていたが」

「あの手の者たちは、女にも老人にも化けますぜ」

「サルで通しているわけではあるまいな」

それがと、辰吉は笑った。

「前の仕事とは縁を切って、ついでに名を申平《さるへい》と改めたっていうから、これは本物ってことですぜ」

ぜひ、玄太に会って、改めて礼を言いたいといっていたそうだ。

「あいつ、旦那のためなら命懸けで働きやすぜ」

申平のことはともかく、玄太には、松原惣右衛門の肚の裡がわからなかった。

神崎の屋敷には、上屋敷の者が頻繁に出入りしている。奥御殿内のことも、当然松原の耳に入っているはずだ。お松の方の常軌を逸した浪費の後押しをしているのが、津濃藩の御用商人だということも知っておろう。

津濃藩には、神崎伊織を岩見藩藩主に据えようとする動きがあることを、だれよりも知っていて警戒している男だ。伊織の野望を見抜いて異腹の弟、楓丸《かえでまる》を担ぎ出そうとした男である。それは藩のためというより、神崎家を守るためだ。

お松の方のお子、豊丸君に世子としての器量に欠けるとの風評があると聞いたが、藩の祖法として、神崎家から世継ぎが出ることもあり得る。先代の意をうけている惣右衛門は、それを避けたいのだ。

しかし、紀尾さまが男子を生むとなると、事がややこしくなる。おそらく伊織も、伊織の後押しをしている津濃藩もお松の方の側に立つことになろうし、すでに丸金は、その意図に沿って動いていると見るべきだ。

あの化け物と言ってよいほどの老獪な松原惣右衛門が、この事態にどう対処する気でいるのか、それが玄太にはつかみきれないのである。

（一度、会ってみるしかないか……）

権力争いの坩堝《るつぼ》から逃れたいと思って、青猪番所の勤務を望んだことが、玄太には遠い昔のことのような気がしてくる。

翌日、辰吉を使いにやって、黒部鉄十を浅草寺《せんそう》近くの茶屋に呼び出した。

相変わらずの青鈍色の袴を着けていた鉄十は、玄太の顔を見るなり言った。

「おぬし、与一郎に引っ張り出されたのであろう」

「おれの意思でもある」

「せっかく家老家の婿に納まったのに、よほど揉め事に首を突っ込みたい性《さが》らしいな」

たしかに、この男と会うときには、いつも揉め事を抱えている。玄太は苦笑を抑えながら言った。

「揉め事が好きなわけではない」

「醜女《しこめ》に惚れられたってことだ」

笑い飛ばした鉄十は、表情を改めた。

「ところで、おれに何用だ」

「松原どのに会いたいのだが、取り次いでもらえないか」

鉄十は平気で神崎の屋敷に出入りして飲み食いをし、どういうわけか、松原はこの男を信頼しているところがある。

「それはかまわないが、あの狸おやじに会ってなにを聞き出す気だ。めったなことでは肚の裡を明かさぬ爺さんだぞ」

「それはわかっておるが、敵か味方かだけは、はっきりさせてもらいたいのだ」

「ふん」

鉄十は、腕を組んだ。軽薄な口を利くが、思慮深い男なのである。

「となると、下屋敷の件だな」

「そうだ」

「女の悋気は始末におえねえもんだが、そこにつけ込むってのも汚え話だ」

お松の方の浪費癖は、いずれ家中の反感を買うことになり、世子の豊丸君の立場も危うくなる。津濃藩が丸金を使ってお松の方の浪費を煽《あお》っているのはそのためだ。

しかし、紀尾さまが男子を生み、そのお子が世子と決まれば、伊織の出る幕はなくなってしまう。

そこまで言って、鉄十は皮肉なわらいを浮かべた。

「あの爺さん、それを狙っているのじゃねえのか」

「となると、紀尾さまに肩入れすることになるな」

「刺客に襲われ、危うくあの世行きだったっていうのに、まだ懲りていねえ」

松原惣右衛門の究極の狙いは、伊織の廃嫡《はいちゃく》だという。

「ま、おれの読みはそんなところだが、読み違いがないでもなし、おぬしの目と耳で確かめることだな」

日時と場所は連絡すると言った後、鉄十は思い出したように言った。

「そういえば爺さん、おぬしに貸しを作ってとか言っておったぞ」

申平を許したことかもしれないが、このねとねと絡みついてくるやり方が薄気味悪い。

鉄十と別れた後、久しぶりの江戸市中を歩き回って、玄太が下屋敷にもどったのは夜になってからだった。竹藪に通じる小道の入り口に、うずくまっている人影があった。

「………」

殺気は来ないが、どこかで嗅いだ匂いのようなものが伝わってくる。

「サルか」

「へい、申平でございます」

「よく、ここがわかったな」

「へい、妙光寺の近くと聞いておりましたので」

堅気になったはずだが、申平は竹藪の中を歩くのに足音を立てなかった。

框《かまち》に二人分の膳が置いてあったが、辰吉はいなかった。夜昼なく、駆け回っているのだ。

灯した明かりの中に浮かび上がった顔は、まさしく、あのサルだった。変わっているとすれば、髪の毛が髷《まげ》を結い上げるまでに伸びていないこと、目に油断のならぬ光がないことだった。

「あのせつは、ありがとうございました」

申平は、畳にひれ伏すように頭を下げた。

「辰吉に聞いたが、団子屋をやっておるそうだな」

「へい、佐伯さまが江戸に出なさるのを待っておりやした」

「松原惣右衛門に、なにか言われたのか」

「きっとお見えになる、そのときはお役に立て、そう言われました」

猿塚を建てたことで心が清められたとも思えないが、なんでもさせていただきますと言う申平の目には、真摯《しんし》な色があった。

ここ二、三日観察しているが、玄太は古内の甥に心もとなさを感じていた。千賀女が言ったように、鍾馗面がこけおどしの役には立つだろうが、いざというときに、曲者《くせもの》相手にどれほど役に立つか、それが心配だった。ほかにいる男手といえば腰の曲がった老僕と、ぼんやりした顔の下男だけだ。

「申平、この屋敷に下男として住み込むことができるか」

「へい、明日にでも」

「団子屋はどうする」

「もともと、佐伯さまにお会いできるまでの方便でございましたが、無愛想なあっしがいない方が、客の寄りつきがいいのでして」

「なにが起こるかわからん屋敷だが」

「おおよその察しは、ついておりやす」

辰吉が、女にも老人にも化けると言っていたことは本当だった。千賀女に話をつけ、三日後に現れた申平は、無口で純朴《じゅんぼく》な下男になりきっていた。いかに犀利《さいり》な目の持ち主である千賀女にも、この男が「雇われイヌ」だったことが見抜けるとは思えない。

「旦那、これであっしも安心して外回りができやす」

そう言って、辰吉も喜んでいた。

二

十日ほど経ったが、鉄十からはなにも言ってこなかった。慌てて会うこともあるまいと思ってのことか、それどころではない動きが、藩邸内で起こっているのか。

古林与一郎からも、なんの連絡もない。

鉄十がもらしていたが、藩邸内で、家老の蛭巻に対する批判の声がちらほら上がっているらしい。与一郎の根回しによるものだと、玄太は見ていた。だとすれば、蛭巻も黙ってはいないだろう。せめぎ合いの中でなにが起こるかわからない。飛び火がこの下屋敷に及ぶことも考えられる。

お松の方の悋気には、ただならぬ執念が感じられる。まさか、お松の方が薙《なぎ》刀《なた》を振りかざして乗り込んでくることはあるまいが、刺客を放つことは、念頭に入れておかなければならない。

この十日ほどの間に下屋敷を訪ねてきた者は、紀尾さまかかりつけの茶筅《ちゃせん》髷の老医師だけだった。紀尾さまが外出することはなく、ときどき奥の間から琴の音がもれてくる。

日毎に強くなっていく陽射しが、さほど広くない庭の木々や石灯籠《いしどうろう》の影を濃くしていて、朝夕の決まった時刻に、古内の素振りの気合が聞こえてくる。たしかに鹿威し《ししおど》の役には立っている。

裏手の竹林に「鳴子《なるこ》」を張りめぐらせたのは、申平だった。そのほかにも、塀の破れを修理したり、緩んだ用水桶の箍《たが》を締めなおしたりしていた。刺客に備え、火付けに備えたのであろう。縁の下の掃除をしたのも申平で、「忍び」に備えた仕掛けでもしたのだろう。辰吉が笑っていた。

「あの野郎、さすが骨法《こっぽう》を心得ていやがる」

千賀女も、申平がただの下男ではないと気づいたらしい。

「あのサルとかいう者、ただ者ではなそさうじゃが、信用してよいのじゃな」

「山の神に誓った者でござる」

「どのような神か知らぬが、腕は立つのじゃろうな」

「なまじの武士よりは、よっぽど立ちまする」

「佐伯どの……」

しげしげと玄太の顔を見ていた千賀女の顔には、妙なわらいが浮かんだ。

「そなた、武士を信用しておらぬようじゃな」

「人によりけりでござる。信用できるかどうかは、武士町人の身分に関係ござらぬ」

「いかにも、そうじゃ」

心当たりがあるらしく、千賀女は胸を張って大きくうなずいてみせた。

辛辣なこと、物騒なことを平気で口にするが、千賀女は千代にどこか似ている話好きの老女であった。

お松の方の紀尾さまに対する仕打ちに、憤りを隠さなかった。これまでの事例を事細かに説明したが、必ずしもやられっぱなしではないらしい。

お松の方の名で、紀尾さまが苦手とする鰺《あじ》の「クサヤ」が届けられたとき、千賀女が手を回して鮒《ふな》の「なれ鮨《ずし》」を取り寄せ、お返しに届けたという。美食家のお松の方だが、これだけは口にされないことを調べあげてのことだという。

笑うしかないものもあるが、些細《ささい》な無礼を咎められて紀尾さまの腰元が髪を切られたこと、縁の下から五寸クギが打ち込まれた藁《わら》人形が見つかったこと、紀尾さま専用の駕籠《かご》の底板に、針が植えつけられていたこととなると、笑ってすまされることではない。

「あの女」

千賀女は、正室お松の方を、そう呼びすてた。

「あの女の勝手放題は、藩の根腐れを招くことになろうが」

どこに目がついておるのじゃと、家老の蛭巻を「おとこ妾《めかけ》」と罵倒《ばとう》した。おなごを甘く見るなと言った藤之介の忠告が、生々しく思い出される。

その日、いつもは鍬《くわ》を担いだ農夫や行商人がときたま通るだけの屋敷前が、朝から人通りが多かった。

気になって出てみると、紋服姿の男、こざっぱりした着物に着替えた農家の男女や子どものほかに、藁苞《わらづと》に風車を挿《さ》した飴売りや、猿を肩にのせた大道芸人が通っていく。くたびれた着物によれよれ袴の浪人の姿もあった。小女に訊ねてみると、妙光寺で鐘楼修復の落慶法要《らっけいほうよう》があり、近郷近在から人が集まるのだという。

(物騒な客が混じっているかもしれない……)

こんなときには異様に鼻の利く辰吉が、ここ三日ほど帰っていない。上屋敷に張りついて、あれこれ嗅ぎ回っているらしい。

玄太は、申平に裏手の竹林の見回りを命じ、古内には、みだりに来訪者を門内に入れてはならぬと言い渡した。年下の玄太に指図されることが不満らしく、古内は面白くない顔をしていた。

昼を過ぎたころから、梵鐘《ぼんしょう》が鳴りはじめた。檀徒《だんと》が入れかわり立ちかわり撞いているのだろう。力自慢でもしているかのような力任せに打ち鳴らす音、つつましい音とひっきりなしに鳴り続く。こうなれば、ありがたみどころか苛立ってくる。

玄太は刀をつかんで屋敷を出た。現れるかどうかわからない曲者を苛々して待っているより、妙光寺に出向いた方が手っとり早いと思ったのだ。

祭りのような賑《にぎ》わいだった。路上のあちこちに大道芸人を囲む輪ができている。朝方に見かけた浪人は、なかなかの腕で居合の技を見せていた。おでんの匂いが漂い、蕎麦の屋台まで出ている。

長い石段を上っていくと、風車をかざした子どもが追い越して駆け上がっていった。「葷酒山門入不許《くんしゆさんもんにいるをゆるさず》」の石柱があったが、両脇を支えられて、覚束《おぼつか》ない足取りで下りてきた老人は、明らかに酒の匂いがしていた。

石段を上り切って境内に入ると、茶をもてなす場所があった。床几《しょうぎ》に腰を下ろし襷掛けの女たちの腕が、夏日にさらされて輝いてみえる。

ていた紋服姿の男たちは、村役かなにかであろう。女たちをからかいながら飲んでいるのは、茶ではなさそうだ。

鐘楼の真新しい欅《けやき》の支柱を手でさすりながら、玄太はさりげなく境内を見回した。鐘を撞く順番を待っている者の中にも、本堂の前で頭を下げている者の中にも、とくに怪しいと思われる者はいない。

玄太は石段を下り、人込みを縫いながら目を配った。居合斬りの浪人にしろ飴売りにしろ、いずれも商売熱心なだけで、剣呑なものは感じられない。

（無駄骨か……）

ほっとはするが、いささか物足りない思いもある。玄太は、子どものころに佐市と一緒に買い食いをしたことを思い出し、草餅を売っている老婆の前に立った。顔に似合わず甘いもの好きらしい古内に、機嫌を直してもらわなければならなかった。

包みをふところに入れて屋敷にもどると、門を出ていく女の姿があった。二十間《けん》ほどの距離があったが、着ている物といい髪形といい、武家の女ではない。農家の女でもない。潜り戸を出た女は、ちらっとまわりを見回してから、玄太とは反対方向に足早に去っていった。その妙に軽捷な身のこなしを、玄太はどこかで見た気がする。

（まさか……）

玄太は、祝言の席に紛れ込んでいた女を思い出した。いちど追いにかかったのだが、思い直して屋敷にもどった。池の側で古内と申平がなにか言い合いをしていた。

「申平、いま出ていった女の後を追え」

「へい」

申平は、はじけるように飛び出していった。

「古内どの、あの女は何者でござるか」

玄太の問いかけに、古内は不機嫌そうに答えた。

「妙光寺の使いの者が、寄進の礼にと菓子折りを持ってきたのだ。怪しい者ではござるまい」

「その菓子折りはどうした」

「わしから、千賀どのに渡しておいた」

（しまった……）

玄太は縁側から屋内に入り、奥の間に向かった。

「何事じゃ」

許しもなく奥の間に入ってきた玄太を咎めるように、千賀女が立ちはだかった。

「菓子折りを、どうなされた」

玄太のただならぬ顔に、千賀女も顔色を変えた。

「わかった。そなたは庭に出て待っておれ」

紀尾さまの耳に入れては身体に障《さわ》ると、とっさに判断したのだろう。庭に下りた玄太に古内が寄ってきた。顔色が変わっている。

しばらくして、頭を尼僧のように白布で覆った若い女が出てきた。お松の方に髪を切られた腰元であろう。高杯に載せた菓子を縁側に置くと、腰元は黙ったまま引き下がっていった。

さほど慌てた様子がないのは、紀尾さまが、まだ口にいれていなかったからであろう。

「毒が仕込まれておったのか」

古内の鍾馗面が青ざめている。

「おそらくな」

「相手は、刀を振り回してくるとは限らぬ」

「……………」

「うかつでござった」

しょげかえっている。やにわに菓子に手をのばした古内を、玄太は押し止めた。

「いまさら毒見は、しゃれにもなりませぬ」

「しかし、このままでは拙者の気がすみ申さぬ」

玄太は、舌打ちを堪《こら》えて言った。

「毒に当たって死なれても腹を切られても迷惑千万、紀尾さまのお心を乱すばかりでござる。悪知恵の回る相手に騙《だま》されるたびに自裁《じさい》しておっては、命がいくらあっても足り申さぬ。それこそ相手の思う壺でござろう」

玄太はふところから草餅の包みを出して、古内の前に置いた。

「これを食して、気を取り直していただきたい」

「すまぬ」

古内は、うなだれていた。

その夜、久々に帰ってきていた辰吉は、菓子の匂いを嗅いで、トリカブトだろうと言った。蝦夷地では、ヒグマを仕留めるのに用いる猛毒だという。

「こいつを仕込むってことは、命狙いってことですぜ。露骨に仕掛けてきやがったんですぜ」

辰吉は、上屋敷の中間や小者《こもの》、下婢《かひ》にまで手をまわし、屋敷内の動きを探っていたらしい。

「お殿さまの面前で、古林さまとご家老が、激しく論争したってことですぜ」

そのほかにも、お松の方の乱行に、軽格の士分ばかりではなく、上役の中からも批判の声が上がってきているという。

「奥御殿には、動きはないのか」

「あそこばかりは、中の様子はつかめませんが、お松の方が、評判の役者を茶屋に招いたとかで、台所女中の間にも嫌な噂が出まわっておりやす」

串平がもどってきたのは、夜中になってからだ。女は、仙台堀近くの大きな材木問屋に入ったという。店の屋号は丸金だった。

家老蛭巻と側用人の古林与一郎の対決がはっきりしてきたいま、丸金の黒幕は与一郎に分があると見て、紀尾さま警護の責任を担っている与一郎の引責《いんせき》を企んだのだと、読み取れる。

（こうなれば、事を急がなくてはなるまい……）

辰吉は、素早く玄太の肚を読み取った。

「旦那、火の粉を払っているだけじゃ、埒《らち》があきませんぜ。飛び火を防ぐには、火元を消さなけりゃなりませんぜ。上屋敷に乗り込むしかありませんぜ」

武士の権力争いは、最後にものを言うのが刀だということを、辰吉はよく知っているのだ。上屋敷には、熊谷が束ねている秋野派の若手がいる。妥協をきらい、人付き合いが下手な与一郎には、はっきり味方と言える者は、黒部鉄十しかいない。

夜明け前に飛び出していった辰吉が、昼前に三人の男を連れてきた。古内は心もとないし、申平だけでは手が足りないと、腕利きを雇ってきたのだ。いずれもひと癖ありげな遊び人風の男である。江戸にいたころ付き合いのあった者たちらしい。

辰吉は、玄太の耳元で囁いた。

「いいかげんな野郎どもですが、腕はたしかでやす」

一日二朱の約束だという。

いま藩邸内がどうなっているのか、前もって知っておく必要があった。

辰吉ははな屋を根城にして、藩邸と神崎の屋敷の両方に探りをいれていたのだが、いまひとつはっきりしないところがある。鉄十に会って確かめるしかない。

はな屋は、上屋敷と神崎の江戸屋敷の中ほどにあり、玄太が江戸に出てくるたびに、なにかと世話になっていた店だ。侠気のある亭主と人情味のある女房の組み合わせで、亭主の料理の腕もいい。両親に死なれて孤児になった弥助を引き取り、面倒を見ていたのもこのふたりだ。

玄太を見て、夫婦は心底うれしそうな顔をした。

「浦辺さま、今日お見えになるか、明日は来てくださるかと待っておりました」

女房が、肘で亭主をつついた。

「あんた、佐伯さまだよ。お国家老の若殿さまにおなりになったんだよ」

「ちがいねえ」

亭主は剽軽《ひょうきん》に、額を叩いて見せた。

「佐伯さま、とろろ飯を召し上がるためにお見えになったわけではないでしょう」

これまでの辰吉の動きから、剣呑なものを嗅ぎとっていたのだろう。

「とろろ飯も食いたいが、まずは黒部と会わなければならぬ」

「わかりました。お屋敷に使いをやります」

奥の部屋に案内し、茶を運んできた女房が声をひそめた。

「佐伯さま、お屋敷内は、なにかと殺気立っているようでございますね」

「おまえたちにもわかるか」

「それはもう」

この店には上屋敷の士分も中間小者も、よく飯を食いに来る。神崎邸の者もくる。秋野派の士分の酒代は、神崎邸で払っているというから、秋野派が神崎家にすりよっている構図は、国元だけではないのだ。

「おとついも、お屋敷の若いお武家さん方が来られましたが、激しく言い争いをなさっておりましたよ」

亭主が、とろろ飯を運んできた。丼の麦飯の上に泡立ったとろろ汁をかけながら、亭主は気がかりな顔を見せていた。

「佐伯さま、手前どもの口の出せることではございませんが、くれぐれもお気をつけくださいまし」

玄太と辰吉が腹ごしらえを済ませたところに、やあと言いながら鉄十が入ってきた。

「おぬし、なかなかいい勘をしておる。迎えを出そうと思っておったところだ」

亭主と女房が下がった後、鉄十は庭に面した障子を閉め切った。そして辰吉にも側に寄れと言った。

「下屋敷で、なにかあったらしいな」

千賀女から、与一郎に報せがあったという。

「丸金の手の者と思われる女が、毒入りの菓子を届けてきた」

「いろんな手を使いやがる。焦ってるってことだ」

鉄十は、先日の与一郎と蛭巻の論争のことを話した。殿の執務室で午前中に行われる御前会議は、最初のうちは、重職から上がってくる報告を受け、殿が決裁を下すというもいつも通りの会議であったらしい。

執務室から、蛭巻の激昂した声が聞こえてきたのは、重職たちが退席した後だという。

「蛭巻のやつ、まんまと与一郎の手に乗ったのだ」

理非はともかく、殿の面前で声を荒らげたのは蛭巻の大失態だと、鉄十は言った。

「与一郎、なかなかの策士ぶりを見せおったわ」

型通りの会議が終わった後、殿と重職の間で、世情や国元のこと、藩邸内のことを話題にした、いわば世間話をすることが通例となっているのだが、ほかの重職が下がるのを見すましてから、与一郎が、納戸方に不正の噂があると切り出したそうだ。

蛭巻が、家中の名誉にかかわること、噂の段階で殿の前に持ち出すのはいかがなものかと苦り切ると、与一郎は、噂の真相を究明するのが大目付の役、大目付を督励《とくれい》するのが家老の職分でござろうと、強い口調で迫ったという。家老に指図をするとは僭越と、蛭巻が激昂したのはこのときだという。

「で、殿はどうなされたのだ」

「慮外《りよがい》とひと言もらされて、立ち去られたそうだが、後で蛭巻に、大目付に吟味を督励するようにと命じられたそうだ」

いまの表御殿大目付は代々在府の家柄で、書画骨董の目利きとしては江戸でも名が売れているが、職務に関しては毒にも薬にもならない、ありていに言えば「やる気」のない人物だそうで、秋野派とも言えないし、秋野派からはっきり距離を置く姿勢を取っているわけでもないそうだ。

「与一郎め、大目付に狙いを絞ったとはな」

鉄十は、にやりと笑った。

家中の理非曲直を糺す立場にある大目付を指揮督励する権限があるのは、家老職に限られている。大目付の無能無策を弾劾《だんがい》するのは、そのまま家老の怠慢《たいまん》を弾劾することにもなる。いかに信任が厚いといっても、臣下の身分で世子の母であるお松の方を讒《ざん》することは慎まなければならぬ。となると、攻めの糸口はそこしかないのだ。

「あやつ、役立たずの大目付を罷免《ひめん》して、代わりを持ってくる気だ。厳正な立場を貫く大目付であれば、お松の方のまわりに立ち込めている腐臭を一掃できる、腐臭の遠因を暴くこともできる、一挙に荒療治に持っていく気だ」

（やはり、そういうことか……）

玄太は、殿の命を伝えにきたときの、不逞《ふてい》とも思える与一郎の顔を思い出した。

しかし、すんなりいくとは思えない。国元の人事の刷新も、結局は秋野主膳の老獪さにしてやられ、殿の意向とはかけ離れたものになってしまったのだ。

この江戸屋敷も蛭巻を筆頭に秋野派で固められている。いかに殿のお声がかりがあっても、せいぜい首をすげ替えるだけで、大目付の座を、おいそれと都合の悪い人物に明け渡すとは思えない。

（やはり、力ずくでいくしかない……）

玄太は、率直に訊ねた。

「力勝負になりそうだが、向こうは何人と見ておる」

「若いところでは熊谷隼人とその取り巻きが四名、蛭巻の家士で腕の立つのがふたり、そのほかは勝ち馬に乗る気でいる連中だ。はなからは手向かってこないだろう」

「神崎の屋敷から、応援が来ることはないか」

「それはない。伊織が上府していればともかく、松原の爺さんが、そんなことをさせるはずがない」

「それでも、こちらの手が足りぬな」

それなんだと、頭に手をやった鉄十は、だしぬけに言った。

「おぬし、金を持っておらぬか。十両もあれば、なんとかなるのだが」

古林与一郎に若手の味方がいないのは、あの男の性格のせいだと鉄十は言った。

「清濁併《せいだくあわ》せ呑む器量がないから、こんなときに困るのだ。その点熊谷は俗物ながら、仲間をしっかりつかんでおく術《すべ》を心得ておる」

「買収するのか」

玄太は、嫌なものを踏みつけたような気がした。おぬし、と鉄十は呆れたような顔をした。

「武士ってのは、金だけでは動かん。名目ってやつが要るんだ」

「…………」

「蛭巻が殿のご不興《ふきよう》を被ったことは、すでに屋敷内に広まっておる。どっちつかずにおる若手の四、五人に、肚を決める名目を与えてやれば、引き寄せることはできる」

義を説くにも金は要る、金の使い方はおれに任せてもらうと、鉄十は言った。

「旦那、黒部さまのおっしゃる通りでござんすよ」

「しかし、おれはそんな大金を持ってはおらぬ」

辰吉が、懐から巾着《きんちゃく》を引っぱり出し、中から取り出した小判を鉄十の前に並べた。

「これを使っておくなせえ」

なあに、あちらさまから旦那がせしめてくださった金でさ、ここで生きるとなると、こんな胸のすくことはありやせんぜと、辰吉はにやりと笑った。

五年前に、藩邸の中間をしていた辰吉が、ささいなことで熊谷に額を下駄で割られた上、手加減のない当て身で内臓を傷めて命を落としかけたことがある。あのとき、玄太が熊谷を叩きのめして治療代と詫び金として十両出させた。仲介役だったのが、黒部鉄十だった。

「やっと、こいつの恨みが晴らせますぜ」

辰吉は、額の傷痕をぽんと叩いて見せた。

「そうか、あのときの金か」

鉄十の目に、強い光があった。

「となると、ますます後もどりはできないってことだ」

どこか斜《はす》に構えて冷笑癖のある鉄十だが、古林与一郎のために、本気で一肌脱ぐ気でいるらしい。

「ここ、二、三日の勝負だ。ここから離れんでいてくれ」

そう言い残し、鉄十は青鈍色の袴を翻《ひるがえ》して出ていった。

三

二日後に鉄十の使いが来た。未《ひつじ》の刻（午前十時）前に上屋敷に来いとのことだ。

未の刻は、御前会議が始まる時刻である。

「旦那、こいつを用意しておきやした」

辰吉が差し出したのは、二尺《しゃく》ほどの握り太の樫《かし》の棒だった。屋敷内で刀を抜くことは無論、太刀を帯びて表御殿に上がることも法度《はっと》であると、辰吉は知っているのだ。

時刻を見計らって、野菜や魚を納める業者の通用門をくぐり抜けると、鉄十が待っていた。

「打つべき手は打った。後は与一郎の武運しだいってことだ」

鉄十が先に立って、玄太と辰吉は表御殿の北側の竹林に入った。林の底に細い道はあるが、日当たりが悪い上に藪蚊が多く、庭職人のほかには、残飯を捨てる下婢が足を踏み入れるだけの場所である。

鉄十が声をひそめた。今日の会議の席で、納戸方の役人を取り調べた結果が、大目付から報告されるのだという。

「なにも出てくるまいと、蛭巻はたかをくくっておる」

そこで動かぬ証拠をつきつけて大目付を慌てさせ、蛭巻を逆上させるのが与一郎の筋書きだという。

「ついでに、蛭巻の首を取ろうって魂胆だ」

乗るかそるかの大勝負に出やがったと、鉄十は小さく笑った。

「おぬし、控えの間にいてくれ。蛭巻の家士が詰めているかもしれぬ。会議の間で蛭巻になにかあったら、そやつが飛び出すだろうが、それを阻《はば》んでくれ。おれは熊谷の動きを抑える」

鉄十が去った後、玄太は、太刀を辰吉に預けて回廊の欄干《らんかん》を乗り越えた。青猪番所で鍛えた身の軽さが役に立つ。表御殿に入っても、会議の間に通じる大廊下で、茶汲み坊主とすれ違っただけで、裃姿の役人の姿が見当たらない。

どうやら、きょうの御前会議がどういうものか知っていて、固唾《かたず》を呑んで詰所に引き籠もっているらしい。

左手の庭の玉砂利《たまじゃり》に、夏の陽射しが降り注いでいる。池の向こう側の垣根越しに、強い光をはじいた長屋の瓦屋根が見える。馬回り方の足軽長屋で、裏手に足ならし程度の馬場がある。

二度目の上府のときにその一室を与えられ、ひと月近く過ごしたことがある。生き物相手の役だけに、夜昼問わずに人の動きがあったのだが、妙な静まり方をしている。玄太が目の端に捉えたのは、池のほとりで草をむしっている庭職人の姿だけだった。

奥御殿に通じる渡り廊下の手前で右手に折れると、会議の間の方から急ぎ足で来る者がいた。せかせかした足取りの小柄な老人は、古内清左衛門だった。表御殿の諸事万端に目を配っている老人だが、肩書は大目付方添え役である。

廊下の端に寄った玄太に、清左衛門はすばやく言った。

「咎める者がおったら、わしの命だと言え」

玄太の手にしている樫棒に目をやり、これも持っていけと、鉄扇《てっせん》を押しつけた。

秋野派嫌いを通してきた老人だ。与一郎の後押しをする気でいるらしい。

控えの間とは、番頭以上の重職の供人で、身分が士分であれば許される部屋である。政敵の多い佐伯藤之介が、青沼作次を士分に仕立てたのもそのためだ。とは言っても、国元でも上屋敷でも、わざわざ供人を連れて来る者はおらず、たまに重職が、子息の教育のために伴うことがあるだけだと、仙之助から聞いたことがある。会議の間から部屋ふたつ隔っているのは、会議の中身はもれず、大声をあげれば聞こえてくる距離にあるからだという。この部屋で言葉を交わすことが禁じられていることも、仙之助から聞いていた。

先客がいた。鉄十が言っていた蛭巻家の家士だろう。玄太を見ても表情を変えなかったが、陰気な顔つきをした、さほど若くはない男だ。羽織で隠してはいるが、男がすでに襷で袖をしぼっているのが玄太には見て取れた。膝元の桐の長箱の中は、おそらく脇差《わきざ》しであろう。目に落ち着きがない。ときおり喉仏が動くのは、緊張のあまりに生唾を飲んでいるからだ。蛭巻もまた、古林与一郎を失脚させる好機ととらえて待機させたのであろう。そこそこの腕はあろうが、本物の修羅場をくぐったことがない男と、玄太には見てとれた。

殿の入室を告げる先触れの声が聞こえてきた。

茶汲み坊主の小刻みな足音が遠ざかっていった後、会議の間の方からざわめきの気配は伝わってくるが、聞こえてきたのは苛立ったような咳払いと、続けざまの大きなくしゃみだった。くしゃみが聞こえてきたとき、蛭巻の家士の肩がぴくりと動き、とっさに手が桐箱にのびていた。

よほど緊張していると見え、うるさくまといつくハエにも、男は気づかぬ風だった。

玄太にも、会議の間から伝わってくるものが、しだいに緊迫味を帯びてくることがわかった。男にもわかっているらしく、桐箱を引き寄せ、蓋をずらしている。

庭の方から、季節にはまだ早いセミの声が聞こえてきたとき、それを打ち消すように、怒声が聞こえてきた。

桐箱から脇差しをつかみあげて飛び出そうとした男の脛《すね》を、玄太は樫棒で払った。膝をついた男はすぐ立ち上がり、玄太にはかまわずに廊下に出た。

玄太が廊下に出ると、会議の間の方から荒々しい足音を立ててこちらに来る蛭巻の姿があった。男が差し出した脇差しを受け取った蛭巻の前に、玄太は立ちはだかった。

蛭巻の顔は、憤怒で真っ赤になっていた。

「じゃまをするか」

「抜刀は法度でござる」

押し止めようとした玄太に、蛭巻は斬りかかってきた。玄太はかわさずに踏み込み、樫棒でふりかざした蛭巻の小手を打った。

背後から組み付いてきた家士に、肘で当て身を食らわせ、蛭巻の取り落とした脇差しを庭に蹴落としたとき、庭を横切って走ってくる者がいた。草むしりをしていた男だ。鉄十が言っていたふたりのうちの片方だろう。その前に飛び出してもみ合い、ねじ伏せたのは、どこかに隠れていた辰吉だった。

そのとき、上士の役宅がある方角から、四、五人の若い武士が現れた。熊谷隼人のクワイ頭がある。それを牽制《けんせい》するように別の方角から現れた十名ほどの中に、青鈍の袴の色があった。

古内清左衛門が下役を引き連れて現れたのは、間もなくであった。

玄太は、その場を離れた。北側の回廊から飛び下り、勝手口のところに行くと、心得たような辰吉が待っていた。

「旦那、古林さまに会わなくてもよいのですかい」

「後始末に忙しいだろうから、おれに会っている暇はあるまい」

それは口実で、どういうわけか、いま与一郎の顔を見る気にはなれなかったのだ。

これで役目は終わったと、玄太は思っていた。後は与一郎のお手並み拝見ということになるが、二度までも殿の御前で大声をあげ、しかも刀を抜きはなったからには、それだけで謹慎は免れない。

役立たずの大目付の座に就くのは、おそらく古内清左衛門ということになろうが、妥協を嫌う硬骨漢である。徹底的に不正を追求することになろう。

当然浮かび上がってくるのは秋野派の面々で、蛭巻の関わりが明らかになれば、謹慎ですむわけはない。お家断絶とまではいかないにしても、国元に帰されて僻村に追放されることは考えられる。

そうなれば上屋敷の秋野派は壊滅したも同然である。丸金の出入りが差し止めになれば、お松の方の浪費の根が断たれることになる。悋気の炎を燃やし続けるにしても、これまでのようなわけにはいかなくなる。

丸金の背後にいる津濃藩にしても、神崎家の言いなりになる秋野派が潰されるとなれば、生まれてくる子が男か女かもわからない紀尾の方に、へたに手出しをしない方が得策と判断するに違いない。

「辰吉、下屋敷に行って、雇った者たちに約束の金を払い、解雇してきてくれ。千賀どのには、改めて挨拶に伺うと伝えればよい」

「旦那はこれから、どうなさります」

「しばらくは、はな屋の厄介になる。その後のことは、おれにもわからん」

このまま江戸詰めを命じられるような気がするが、それも玄太には気が進まなかった。

藩政の刷新に力を尽くすとは、与一郎と約束している。険しいと思っていた山を、呆気なく乗り越えたと思っている。しかし、なにかすっきりしないものが、玄太の胸の底にわだかまっていた。

(いったい、これはなんなのだ……)

はな屋の離れの庭の、薄闇ににじむ夕顔を眺めていたところに、鉄十が訪ねてきた。

「あの男、手際が良すぎる。良すぎて興ざめするわ」

憮然とした顔だった。鉄十もまた、もやもやしたものを感じているらしい。

鉄十によると、御前会議に出席する者のうち、秋野派といっても蛭巻と反りの合わない者、批判の声を強めている者に、あらかじめ殿の意を伝えておき、大目付弾劾に同調させたのだという。

「上意を持ち出されては、たいがいの者は黙るしかあるまい。しかし、そのやり口は、気に入らなければ諫言の口を塞ぐってことにもなる」

おれは、権力者に手向かう潔さを買っておったのだとつぶやいた鉄十の目は、深い闇の底を見ている目だった。

堅苦しさを鼻で笑い、ときには軽薄とも思える言動をとる男だが、やはり一本筋の通った男だったのだ。


玄太が殿の接見の間に招かれたのは、五日ほど経ってからだった。

居並ぶ重職の顔ぶれが、これまでとは変わっている。首席家老の席に座っていたのは、たしか中老職にあった人物である。大目付の席には、やはり古内清左衛門が座っていた。

「ほう、その方が佐伯玄太か」

殿宗教《むねのり》公の声は、深くやわらかであった。平伏している玄太に、殿は笑いを含んだ声で顔を上げるように命じた。

「古林とは、幼なじみと聞いておるが、これからも無理難題を押しつけられることであろう」

話題を変えた殿は、気さくな口調で佐伯藤之介のこと、八つ手沼の干拓工事のことなどに触れたあと、これからも幼なじみの力になってやれと言い残して、席を立った。

「ここでしばらく待っておれ、話がある」

命令口調で言いつけた与一郎は、殿の後を追って奥の間に消えた。退席する重職を頭を下げて見送る玄太の前に、古内清左衛門が立ち止まった。

「貴公は、江戸に来るたびに厄介事を持ち込む御仁じゃったが、このたびは、お手柄でござった」

「さほどのことはいたしておりませぬ」

「そうではあるまい。貴公や黒部の支えがなかったら、古林はこうも思い切ったことはできなかったはずじゃ。それにしても、あの男の辣腕ぶりには畏《おそ》れ入るしかないわ」

古内自身が、いきなり大目付の大役を与えられたことに、戸惑っている風だった。

「昇進、祝着でござる」

玄太の祝いの言に、古内は照れたような顔を見せた。

「やることは決まっておる。老骨に鞭打ってやり遂げるしかあるまい」

目玉をぎょろりとさせて、古内は玄太の耳元に口を寄せた。

「下屋敷に甥を遣わせたが、役に立ったのか」

「はっ、偉丈夫《いじょうふ》ゆえ、曲者《くせもの》を寄せつけぬ働きを……」

煮え切らない玄太の言い方に、古内は甥の役立たずぶりを悟ったらしい。

「やはり、見かけ倒しだったか」

古林与一郎が部屋にもどってきたのは、半刻も経ってからだった。

「待たせた。次から次と、手の抜けない仕事が出てくるのでな」

そう言いながらも、忙しさを楽しんでいる顔である。

ここではまずい、おれの部屋で話そうといった後、与一郎はまじめな顔で付け加えた。

「堅苦しい言い方では話が進まぬ。これからは、おれ、おまえで話し合いたいのだが」

「それはかまわぬが」

「じゃあ、そうしよう」

側用人の執務室は、殿の執務室へ通じる廊下を見張る位置にある。殿への言上は、側用人を経なければならないことになっている。藩政を動かす力があるのは、そのためだ。

几帳面《きちょうめん》に片づけられた部屋だった。部屋を飾る花もない。床の間の雄渾《ゆうこん》な筆跡の掛け軸は「治在無為《ちはむいにあり》」の四文字だった。

たしか史記の中にあった言葉で、玄太のうろ覚えの記憶では、為政者は家臣に政を任せた方がいいとの教えだったと思う。任せっきりにしたため収拾がつかなくなった藩政を、一挙に改革しようとしている与一郎の部屋に飾られていることが、いかにも皮肉である。

茶坊主に茶を運ばせた後、与一郎はこれまでの経緯を話した。家老の蛭巻は殿の面前での不遜《ふそん》な振る舞いと、殿中抜刀の咎で閉門謹慎《へいもんきんしん》、大目付は職務怠慢の咎による引退勧告、不正の噂のある者は、取り調べがすむまで外出禁止として、古内清左衛門に真相究明を督励しているのだという。

本来ならば、執政職の稟議《りんぎ》の上で進められるべき事柄だが、与一郎は手続きを省いたのだ。緊急を要する事態であり、与一郎のとった手法は正しいのだとは思うが、与一郎の顔にじんわりと現れている「権力者」の貌に、玄太はかすかにうとましさを感じる。

与一郎は机の下から紙包みを引っぱり出し、玄太の前に置いた。干菓子の包みだった。

「国元から、母上が送ってくれた」

与一郎の母とは何度か会っている。上品な顔立ちで、おおらかで聡明な感じの女性だった。命懸けで玄太に仕える辰吉を、与一郎にもあのような者がおってくれればと、羨ましそうにしていた。玄太どのと佐市どのは、まさしく刎頸の友じゃなと、しみじみ言ったこともある。できのいい息子に欠けているものを知っているのだ。

玄太は手をのばして干菓子をとった。揚げた餅に砂糖をまぶしてある。

「おれに話とは、なんだ」

菓子をつまみあげて、ぼりぼり嚙《か》み砕いた与一郎が、放り出すように言った。

「おまえも知っての通り、おれにはこれといった人脈がない」

「………」

「肚の裡を明かせるのは、おまえくらいのものだ」

端正な与一郎の顔に、一瞬翳《かげ》りがさしたのを、玄太は見た。

「黒部鉄十が、おるではないか」

「あの男には、へそ曲がりなところがある。役に立つとは限らぬ」

鉄十に、なにか言われたのかもしれないが、玄太は、与一郎の苛立ったこの言い方に、秀才にありがちな高慢さと脆《もろ》さを見た気がした。

(これか……)

ずっと胸底にわだかまっていた釈然としない気持ちが、なんであるか思い当たった。

こんどの大芝居の立役者は古林与一郎である。鉄十も玄太も脇役だった。そのことに不満はない。鉄十とて功績を認めてもらいたいわけではなかろう。

しかし、力を合わせてことをなし遂げたのだから、互いに肩を叩き合って労をねぎらい合うというのが同志というものではないのか。

祝杯を上げるなどしなくてもよい。やったな、うまくいったな、そんな言葉を交わしてうなずき合うだけでいいのだ。

(この男には、それがないのだ……)

鉄十の言う「興ざめ」とは、おそらくそれを指しているだろう。しかし、金《きん》打《きよう》を交わした以上、ここにきて背を向けるわけにはいかない。

「で、話とはなんだ」

与一郎はふところから折り畳んだ紙を取り出して、玄太の前に広げた。

「丸金がお松の方に用立てた金額を調べてみた。ざっと千両になる」

丸金の出入りを差し止めるには、借金を返さなければならないのだが、出入り方役人に訊ねてみると、上屋敷の金庫にある金は二百両にも満たないと言われたのだと、与一郎は苦りきっていた。

「鹿野屋とは昵懇《じつこん》だと聞いている。おれを鹿野屋万治郎に引き合わせてくれぬか」

「金を借りるのか」

「しかたあるまい。さっさと片づけてしまいたいのだ。今年の年貢を待っている暇などない」

「昵懇といえるほどの間柄ではないが、二、三度会ったことはある。商人ゆえ、利を生むのでなければ、金は出さぬと思うが」

与一郎は平然と言った。

「藩あっての鹿野屋であろう。七つ浜の利権を認めておるのは、藩であろう」

（この男、肝心なところで思い違いをしている……）

「よかろう、鹿野屋に会わせる労は引き受けた」

玄太がその気になったのは、直に万治郎に会って、商人というものの底の知れない凄みを感じとってもらいたかったからだ。それが感じ取れないようでは、この秀才と「おれ、おまえ」の付き合いはできないという思いもあった。

「ただし、藩邸に呼びつけるのではなく、おまえが直々に出向くのが条件だ。むろんおれも同行する」

「それは、ま、よかろう。なんとかする」

それではと言って、与一郎は立ち上がった。

「いずれごたごたが収まったら、鉄十と一緒に酒でも飲もう」

菓子の紙包みを玄太に押しつけると、殿とお会いしなければならぬと言い残して、与一郎は部屋を出ていった。

依然として、すっきりしないものが胸底に残っていた。しばらく顔を見せない鉄十と会いたい気持ちもあった。

黄昏の色が濃くなっている。

まっすぐはな屋に帰る気になれず、浄心寺の境内を抜けて堀沿いに出たとき、だれかに尾行されているのがわかった。

(熊谷の一味か……)

熊谷隼人の父親は、国元では秋野派の重鎮である。妙な形で髪を結い上げ、江戸通ぶりを誇っている熊谷だが、藩邸内の役目は蛭巻の身辺警護であったらしい。子どものころから、玄太とはなにかと因縁のある男だ。佐伯家に納まったとはいえ、もとは下士として軽んじていた浦辺玄太である。辰吉のことで、手ひどい目にあわされた恨みもある。

(腹の虫が、おさまらんということか……)

一気に迫ってきた殺気を、玄太は大きく横に跳んでやり過ごした。くるりと向き直った男は、熊谷でも、その取り巻きでもなかった。控えの間で顔を合わせた、蛭巻の供人だった。

「蛭巻どのの命か」

「………」

「だとなると、蛭巻どのの立場はますます悪くなるが」

無言で斬りかかってくる男の刀には、さほどの鋭さはない。二度、三度かわしておいてから隙を見てふところに飛び込み、刀の柄《つか》で鳩尾《みぞおち》に突きを入れると、男はあっけなく膝からずり落ちた。

斬る気はなかった。蛭巻の命かもしれぬし、主人の無念を晴らすべく、勝手にやったことかもしれぬ。いずれにしても、哀れというしかない。

暮六つの鐘が聞こえてきた。耳の底にしみていく音の中に、青猪番所にいたころにときたま頭をよぎった「無常」の二文字が、ひっそりまぎれ込んでいることを、玄太ははっきり感じとった。

(ぬいは、おれに風流心が目覚めたと喜んでいた。しかし、無常を弄《もてあそ》んで心静かに暮らすことなぞ、もう許されぬのだ……)

もうひとつふたつ、門をくぐり抜けなければならぬ。与一郎にもくぐってもらわなければなるまい。

(与一郎がまずくぐり抜けなければならぬ門は、鹿野屋万治郎の門だ……)

終　章　門を抜ける

一

「ようございました。五日前に七つ浜からもどったところでございます」

ふたりを迎えた鹿野屋万治郎は、顔の色つやが良く、声にも張りがある。

寒村の漁港にすぎなかった七つ浜に私財を投じ、江戸と蝦夷地を結ぶ中継地にしたのが五十過ぎと聞いているから、とうに七十を過ぎているはずだ。

「ところで、ご用件を伺いましょうか」

こころもち、古林与一郎の方に体を向けた鹿野屋は、玄太に語りかけるときとは、微妙に違う口調になっていた。

「失礼ながら、てまえは商人でございますので、いかようにも取れるお言葉はごめんこうむります」

側用人が直々《じきじき》足を運ぶとなれば、用件は金の無心《むしん》に決まっている。金の貸し借りに、体面のつくろいや言い訳めいた言辞は無用と、先手を打ったのであろう。

軽格とはいえ武士の子の玄太は、金銭には恬淡であれと、幼いころからくどいほど言い聞かされて育った。矜持《きょうじ》というよりやせ我慢の類だが、金を不浄のものとする意識が、頭の隅にどうしてもある。そんな意識を鼻先で笑えるのは黒部鉄十くらいのものだ。

鹿野屋と引き合わせるのに、玄太が同席を条件としたのは、武士にのみ通用する道義を、与一郎に振りかざされては困るからだ。明敏な頭脳の持ち主である。決断力もあるし、なかなかの策士ぶりも見せた。だがその才幹《さいかん》が商人相手に通用するとは限らない。

「鹿野屋どの」

与一郎は、固い口調で切り出した。

「金子千両を用立ててもらいたいのだ」

これを言うだけで、白皙《はくせき》の顔が紅潮していた。その顔を注意深く見つめながら、鹿野屋万治郎は問い返した。

「それは、上納しろとの意でございますか」

「いや、借用したいのだ。利息を払い、担保も用意する」

「藩としてのお立場か、上屋敷としてのお立場か、それとも古林さま個人のお立場なのか、それを明らかにしていただきましょう」

与一郎の顔に、一度おさまった血の色がふたたび注《さ》した。口ごもった与一郎だが、意を決したように言ってのけた。

「藩でも上屋敷でもない。それがし個人、古林与一郎に貸していただきたい」

個人名義の借用であれば、屋敷内の不祥事に触れなくて済むと思ったのだろう。

「古林さま」

万治郎は、苦笑を隠さなかった。

「千両といえば、大金でございます。お一人で背負いきれる金額ではございません。てまえどもには明かせない事情があってのことと拝察しますが、お貸しした金子が果たして生きるのか、それとも死に金になってしまうのか、そこを見極めないことには用立てるわけにはまいりません」

「金子の用途を明かせと申すか」

「ぜひとも」

しばらく目をつむっていた与一郎の顔からは、血の色が退いていた。

しかし、おれから話そうと乗り出した玄太を、手で制した。

「借りた者、貸した者の名を明かすわけにはいかぬが、上屋敷には、このまま放置しておけない借財がある。これを片づけてしまわんことには、藩政を建て直す見通しが立たないのだ。これ以上のことは話せぬ」

なんとしても、藩の恥を明かしたくないのだ。千賀女は、正室お松の方を「あの女」と罵《ののし》ったが、与一郎は踏みとどまった。臣下としての礼節というより、讒言を嫌う真っ直ぐな性格のせいであろう。

万治郎の目が緩んだのは、その強情ぶりに潔さを感じたからに違いない。

「わかりました。借金というものは、目論見よりは嵩《かさ》んでいるものでございます。千二百両用立てさせていただきます」

ああ言ったのは、古林与一郎の側用人としての資質を見極めるための、罠だったのかもしれない。千両の金を借りる口実として、家中の誰かれの責任をあげつらうようでは、この傑物の目には適わなかったのだろう。

古林与一郎の才腕と人柄を見込んで、賭けてみる気になったらしい。

「かたじけない」

与一郎が畳に手をつくと、万治郎は慌てて押し止めた。

「古林さま、これは、いわば商談が成立したということでございます。信義は守るが恩義はなし、手を締めて終わるところでございます」

万治郎は家人に言いつけて酒肴を運ばせた。その後、万治郎がもっぱら話題にしたのは、蝦夷地での松前《まつまえ》藩のやり方だった。

「商人の儲《もう》けの上前をはねているだけではいけません。ご家中が汗を流さないのでは、髪結いの亭主と変わるところがありますまい。いずれ商人に首根っこを抑えられてしまいますよ」

藤之介から聞いたのか、干拓事業の費用を捻出するために、国元では木材に目をつけたことにも触れた。

「うまくいくかどうかは、お役人の働きひとつでございますな」

鹿野屋の店を出たのは、夜になってからだ。

肩を並べて歩いている与一郎は、難題をひとつ解決した安堵と、武士にはない商人の豪胆さに触れた興奮からか、口数が少なかった。

権力の座に上り詰める者には、難題を次々乗り越えることを楽しむ気質があると聞いているが、その奔馬《ほんば》のような気質が果たして与一郎にはあるのか、玄太にはわからない。

玄太は、はな屋の前で与一郎と別れた。


それから五日ほど経ってからだ。

その日は朝から暑かった。江戸はもう、夏の盛りに入っている。座っているだけで額から汗が伝い落ちてくるこの暑さが、玄太には苦手である。青猪番所の清涼とした空気、湧き湯から上がった後の心地良い風を思い出す。

いささかげんなりしていたところに、黒部鉄十がやってきた。どっかりあぐらをかいた鉄十は、ふところにばたばた風を入れながら、吐き捨てるように言った。

「雲行きが、怪しくなってきおった」

「夕立が来るなら、結構ではないか」

「雨ならいいが、雷神さまが雹《ひょう》を降らすかもしれぬわ」

お松の方が、古林与一郎に豊丸君廃嫡の企みがあると言い出し、秋野派の若手を唆しているという。

「それは、まことか」

「お松の方の腰元のひとりが、ひそかに熊谷隼人と会っている。腰元といっても老婆だ、色恋沙汰の密会のはずはない」

往生際の悪いやつだと、鉄十はふたたび吐き捨てるように言った。

「お松の方にとっては、与一郎は殺しても飽き足らぬ男だ。熊谷とて、いまのところ与一郎は順風満帆、じぶんは乗る船を間違って沈みかけているようなものだ。ここにきて劣勢を挽回するには、与一郎を亡き者にするしかないと考えても、不思議はあるまい」

玄太は、少年のころから熊谷を知っている。取り巻きを作り、服さぬ者を苛む悪癖があった。執念深いところもあり、狡猾なところもある。

（しかしあの男には、じぶんで直接手を下すだけの度胸はない。となれば……）

すぐ頭に浮かんだのは、金で雇われる刺客稼業の存在である。江戸暮らしが長い上に遊び好き、いかがわしい連中との付き合いもある熊谷だ。おそらくそうした者の存在は知っておろう。

「おぬしも用心しろ。熊谷がいちばん癪《しゃく》なのは、与一郎よりもおぬしの方かもしれんのでな」

そう言い残して鉄十が帰ったあと、玄太は辰吉を申平のところに走らせた。

なんとしても、古林与一郎を守らなければならない。

与一郎がいま手をつけていることは、上屋敷の腐臭の一掃に止《とど》まるものではない。藩政の旧弊打破を目指しているのだ。ここで熊谷ごときに葬られては、百年経っても藩政改革などは覚束なくなろう。

せっかく足を洗った申平だが、ここは手を借りるしかない。

鉄十は、翌日もやってきた。

「与一郎のやつ、切れ者なのか間抜けなのか、おれにもわからん」

冷笑癖のある顔に、困惑の色が浮かんでいた。

与一郎が殿に申し出て、豊丸君の傅役を兼務することになったのだという。傅役の役務は幼君の養育全般の責任を負い、世子の座を争う際には、身命を賭しても幼君を推す立場に立たなければならない。

お松の方が流した噂を打ち消すには、この上ない決め手になる。豊丸君の廃嫡を画策する不気味に動きを封殺する意味もある。一挙両得の決断であるが、権力欲が絡み、遺恨が絡めば、すんなり目論見通りにいくはずはないのだ。

鉄十は、苦りきっていた。

「あの若さで権勢の独り占めは、敵を増やすだけだ。それはひとまず置くにしても、若君の外出のおりには、与一郎も同道せねばなるまい」

豊丸君は月に二度は市井の道場に通っている。ほかにも学塾に通っている。これらの外出に同行する者は、いわゆるお相手役の少年たちと、側仕えの若侍ですむが、世子としての立場での外出のおりには、傅役が同道することになっているという。

「しばらく外出はひかえさせろ、どうあってもというならおれもついていくと言ったら、それはできぬと首を振りおった」

「近々、若君の外出があるのか」

「寺参りがある」

年に二度、青山の実相寺という祈願寺に世子として詣でることになっていて、それが三日後だという。

「おれはこっそり後を尾ける。おぬしも手を貸してくれ」

その日のうちに、辰吉が実相寺の場所と、辺りの地勢を調べてきた。

夜中に降った雨は、朝にはすっかりあがっていた。地面が水気を含んでいるせいもあって、起き抜けから蒸し暑い。

玄太は浪人者を装って着流しで出た。辰吉は、遊び人風の恰好をしている。傍目からは、やくざの用心棒と三下の組み合わせに見えるだろう。

青山まではかなりの道のりがある。若君一行の先回りをするには、急がなければならなかった。太陽が昇るにつれて空気は乾いていくが、それでも汗は止まらなかった。汗とともに、体の中の力が少しずつ萎えていくような気がする。

山の中で、岩を乗り越え沢を飛び越え、藪の中を機敏に縫って鍛えた体力が、この江戸では通用しないらしい。ときどき立ち止まって汗を拭う玄太に、辰吉は妙な顔をした。

「旦那、江戸の食い物が、旦那には合わないってことですかね」

「そうかもしれぬ。番所で食っていた猪肉を思い出すわ」

辰吉はしばらく黙っていたが、下を向いたまま言った。

「旦那、こいつが終わったら、国元に帰ることにしてはどうですかい」

「それは、おれも考えている」

「こっちは古林さまに任せて、旦那は国元で大きな仕事をやっておくんなせえ。奥さまは無論のこと、みんな待っておりやすよ」

辰吉なりに、与一郎と玄太の微妙な乖離《かいり》に気づいているのだろう。

町並みが途切れて百姓地に入った。かんかん照りの日が容赦なく射している田畑には、人影はなかった。

細い川に朱塗りの橋が架かっていて、その向こうにこんもりとした森があり、濃い緑の中に長い石段が見えた。その上が実相寺だという。

「ここで待ちやしょう」

辰吉が案内したのは、川のほとりにある小屋だった。舟は見当たらないが、川を使って荷を運ぶときに使う小屋らしい。板敷きの上に藁屑が散らばっている。

若君の一行が現れたのは、一刻も経ってからだった。駕籠脇に寄り添っているのは古林与一郎だった。ほかに若侍ひとり、少年ふたり、荷担ぎの中間ふたりである。お女中の姿はない。

駕籠が石段の下に寄せられたところに若い僧が下りてきて、豊丸君を先導してゆっくり石段を上っていった。少年たちと中間ひとりが後に続き、与一郎は若侍になにか言いつけてその場に残し、すこし遅れて上っていった。

（不用心にすぎる……）

玄太が小屋を出ると、橋を駆け抜けていくふたつの人影が目に入った。

（しまった……）

玄太が橋を渡りおえたときには、石段を駆け上がっていく曲者の背中しか見えなかった。おそろしい身の軽さである。駕籠の側に倒れていた若侍を飛び越えて、玄太は後を追った。

なんとか間に合ってくれと、祈る気持ちで急な石段を駆け登っていくと、上の方から鋭い声と、激しく切り結ぶ刃の触れ合う音が聞こえてきた。

石段の中央に立ちはだかって、曲者ふたりの行く手を阻んでいたのは黒部鉄十だった。さらに上方に、若君を背にして構えている与一郎が見えた。追いすがった玄太は、鉄十の横をすり抜けようとしたひとりを、背後から斬りつけた。

男は背中に目があるかのようにかわして向き直った。短めの脇差しを逆手に握っている。玄太は、着流しで来たことを悔やんだ。汗で張りついてくる裾がなんともじゃまになる。それを見越したように、相手は斬りかかってきた。

玄太は以前、このように逆手で構えるおそろしい手練と斬り合ったことがある。

体に毒矢の痺れがきていたためもあるが、すれ違いざまに、下からすりあげてくる鋭い太刀を避けきれなかった。これまでかと観念したときに現れた日下佐市は、高く跳躍した男をひと太刀で仕留めた。後で佐市が言っていた。逆手は身を寄せて斬り合うには有利だが、間合いを置いて上方から斬り下ろすには、体の捻りに無理が出てくるものだと。

玄太はとっさに体を沈めて誘い、逆手で握った脇差しを、肘を突き上げる恰好で斬り下げてくるのを見すまして下から払い上げた。手応えはあったが、相手は勢いを止めず、玄太の脇をすり抜けるとそのまま石段を駆け下りていった。

鉄十に追い立てられていたひとりも、その後を追った。こうした稼業の者は、思わぬじゃまが入って無理だとなると、姿をくらますのが定法だと辰吉から聞いたことがある。

刀を納めて上を見ると、古林与一郎が同じ場所に立ったまま、こちらを見ていた。そちらを見ようともせずに鉄十が立ち去ろうとしたとき、上方から与一郎めがけて駆け下りてくる影があった。

「与一郎、後ろだ」

玄太が駆け上がろうとしたとき、石段の横の藪から飛び出してきたもうひとつの影があった。ふたつの影が絡み合い、ひとつが倒れ、残ったひとつはそのまま藪の中に消えていった。

辰吉が、うめくように言った。

「野郎ですぜ。目をつけていた男にずっと張りついていたに違えねえ。なにも言わずに消えちまうなんて、しゃれたことをしやがる」

三人目の刺客を倒したのは、串平だったのだ。

寺の者がぞろぞろ出てきたのを見届けてから、玄太は辰吉を促してその場を離れた。鉄十の青鈍色の袴は、すでに石段を下りきっていたが、倒れていたふたりに屈み込んで、斬られたのではないと確かめると、振り向きもせずにそのまま立ち去った。

二

「江戸に残れ。殿もそれを望んでおられる」

与一郎は「治在無為」の軸を背にし、胸を反らして言った。

「大目付の取り調べも進んでおる。蛭巻家老には隠居してもらうことになるが、ほかにも役を退いてもらう者が何人か出てくるだろう。おまえには、裏目付を引き受けてもらうつもりだ」

裏目付とは正式な役名ではない。表向きは右筆《ゆうひつ》方なり小姓方なりに席を置くが、実質は藩主に直属するお庭番を統括し、配下を指揮して家中の動きを監視する役である。

家臣のうっかりもらした言辞を忠言と読むか、逆臣の証ととるかは裏目付の腹ひとつということで、これまでの岩見藩の内紛で勝った者は、例外なく裏目付を味方につけた者だと、藤之介から聞かされたことがある。

家臣を信頼せずして政《まつりごと》は成り立たぬと、庭番そのものを解体させたのが先々代の藩主だとかで、藤之介は、名君のご賢察と称賛しておきながら、諸刃《もろは》の剣は使い方ひとつだとも言っていた。

お松の方が正室の座から身を退くとは、鉄十から聞いている。熊谷隼人は、父親の老齢を理由に国元勤めを願い出たそうだ。となれば、表立って与一郎に敵対する動きは見当たらない。

これから不満、あるいは非難の声も出てくるだろうが、そのときは、真っ正面から受け止めて対応するのでなければ、これまでとは変わらない風通しの悪い藩政ということになろう。玄太には釈然としないものがある。

当然引き受けてくれるものという顔の与一郎に、玄太は首を振った。

日が経つにつれて、与一郎との間に考え方の食い違いが出てくる。それが積み重なれば、決定的な衝突が起こるであろう。不本意な役を引き受けて、せっかくの藩政改革が頓挫《とんざ》することは避けたかった。

「なぜだ、役不足か」

与一郎の顔に、一瞬苛立ちの色が走った。

「いや、そうではない。虫が好かんのだ。おれの性分には合わん。どうしても裏目付が要るなら、鉄十に任せたらどうだ」

与一郎は苦い顔をした。

「あの男、どうも最近、おれに意趣を含んでいるように思える」

玄太は苦笑を押し殺して言った。

「一度、鉄十とゆっくり酒でも飲むことだな」

真っ直ぐな性格で欺瞞を嫌い、決断力も要点を外さない眼力もある。玄太には備わっていないものを持っている男だが、やはり欠けているものがある。

(この男、無念ということを知らずに育ったのだな……)

ないものねだりをする気はない。しかし、思い出すたびに体が震えてくるような無念を知らずにここまで来た与一郎に、玄太は、かすかにうとましさを感じた。鉄十の不満も、おそらくそんなところだろうと思う。袂《たもと》を分かつ気はない。これからも同志として長く付き合うことになるとは思う。しかし、目指す所は同じだとしても、歩む道が違うような気がする。殿の命は果たした、おれには国元でやることがある、そう言い残して玄太は与一郎の部屋を出た。

大門に向かう途中に、鉄十と会った。

「そうか、田舎に帰るか。おぬしには、その方がいいかもしれぬ」

江戸で食い詰めたらおれも田舎に行く、そのときはよろしく頼むと、鉄十は冗談ともつかぬ言い方をした。

「そうと決まったら、松原の爺さんに会っていった方がいい。爺さんもおぬしに会いたがっておった」

（ああ、そうだった……）

なにか忘れていたような気がしていたが、松原惣右衛門と会うことが、ついつい念頭から消えていたのだ。

上屋敷の秋野派の勢力は壊滅したようなものだが、これで藩内の不穏の芽を摘み取ったことにはならない。秋野主膳の背後にいる神崎伊織の野心を叩き潰してしまわないかぎり、熊谷隼人のような徒輩が、息を吹き返さないとも限らないのだ。

おれに任せろと言った鉄十は、翌日会うように、さっそくお膳立てしてくれた。

場所は大川べりの船宿だった。初めてこの男と会ったのも、この二階部屋だったが、開け放たれた窓から、川面を掃いて来る風が大川の水の匂いを運んでくる。

「もう、五年になりますかな」

慇懃に挨拶をした後、惣右衛門はしげしげと玄太を見た。

「ただの若侍ではないと見ておったが、佐伯藤之介さまの婿どのとは、この目に狂いはなかったということじゃ」

失礼させていただくと片足を投げ出したのは、申平に襲われたときの後遺症だという。惣右衛門は脚をさすりながら言った。

「あの男、神崎家をゆすりにかかったというから、肝っ玉が座っておるわ。貴殿に助けられたことに恩義を感じておる律儀者でもある。ま、この脚に見合うだけのものは、いずれ返してもらうつもりじゃがな」

なにかあるたびにこの男の名が頭に浮かぶ。そのつど、でっぷりした赤ら顔を思い浮かべたが、いま目の前にいる老人は、五年前とさほど変わってはいない。

最初に会ったときに、伊織との刃傷沙汰だけはこまる、どうしてもやるならこれを使えと、鉄棒を仕込んだ木刀をくれた。目的のためならば、敵味方の区別をせずに利用する老獪な男であるが、どこか憎めないものがある。

運ばれてきた塩焼きの鮎《あゆ》の身を崩しながら、惣右衛門は世間話でもするかのように言った。

「津濃藩の、粕谷《かすや》という男を知っておるか」

「いや、存じませせぬが」

「堀田圭六を、陰で操っていた男じゃ」

堀田圭六は、干拓工事の不正の露顕《ろけん》をおそれて日下佐市の父孫右衛門を謀殺し、佐市に斬られている。いまだに謎が残る事件だが、背後にちらついていたのは伊織の生母のお畝《うね》の方であり、津濃藩だった。

玄太も江戸から帰る途中に、津濃藩の者に襲われたことがある。あれもこれも、背後で采配を振っていたのが粕谷という男らしい。

「堀田が死んだあと丸金を動かしておったのじゃが、出入り差し止めとなれば、こんどはどんな手を打つのか、見ものじゃのう」

あの爺さんとの腹の探り合いは術中にはまることになる、ずばりと訊ねるか、さもなくばまったく取りあわないか、ふたつにひとつだと鉄十から教えられている。

「なにか、心当たりでもございますか」

水のせいかの、江戸の鮎はどうも香りに深みがない、そんなことをつぶやいていた惣右衛門は、上目遣いにじろりと玄太を見た。

「神崎の禄を食《は》んでおるわしに訊ねるのは、どうかと思うがの」

ちらつかせいおいて、手を伸ばせば引っ込める胸糞の悪い手を使う気らしい。

(いやな老人だ……)

失礼ながらと、玄太は慇懃に切り出した。

「松原どのもご高齢ゆえ、先を急いでおられるのではないかと勘案したまででござる。互いに肚の裡を見せ、手を結べるところ、結べぬところをはっきりさせた方が、手間がかからなくてよろしかろうと」

「ほう、わしの先の短いことを案じてくれるか」

惣右衛門は、たっぷり皮肉を込めた言い方をして、目の前の膳を押しやった。

「わしは陪臣《ばいしん》の身じゃが、古林どののやったこと、それに手を貸した貴殿や黒部に感服しておる。このわしにも、上屋敷に淀む腐臭は耐えがたいものじゃった。それを曲がりなりにも一掃したのじゃから、これは大したものじゃ。じゃが、いずれ藩政改革の波は国元にも波及するであろうが、年寄りの悪知恵を甘くみるではない。性急にことを運ぼうとしたら、年寄りたちの反発を招くことになろう」

旧弊を守るには、守るだけの理由があるのじゃと、惣右衛門は玄太を見据えて付け加えた。

「年寄りとは、秋野派とは限らぬ」

わしはなと、惣右衛門は顔を近づけた。

「藩の内輪のことなど、どうでもよいのじゃ。わしが懸念しておるのは、どのような結末になるにせよ、その過程でひと揉めふた揉めがあり、それにつけ込む輩が必ず出てくるということじゃ」

つけ込む輩とは、お畝の方であり、粕谷であり、なんといっても伊織自身ということになろう。

神崎家に対する忠誠心が若殿伊織に対する反逆心となる、なんとも複雑怪奇な立場に立っている老人である。

「くどいようじゃが、わしは神崎家の禄を食む者、貴殿に言えること言えないことがあるが、粕谷という男にはくれぐれも気をつけられえ。利口な男でな、これまではずっと佐伯ご家老の動きを見張っておったらしいが、これからは貴殿の動きに的を絞るに違いない。油断は禁物じゃ」

「ご忠告、かたじけのうござる」

「なに、貸しを作ったまでじゃ。いずれ返してもらう」

立ち上がった惣右衛門は、よろけた体を立て直すと、玄太を見下ろしたまま言った。

「軽々しく、わしと手を結ぶなどとは口にせぬことじゃな」

ひとすじ縄ではいかない、老練な為政者の顔であった。

江戸の暑気はまだ厳しかったが、国元では、すでに秋の気配があった。

千代は、玄太が殿の機嫌を損じたのではないかと心配し、ぬいに訊ねたそうだ。

「なんと答えたのだ」

「殿御のなさることに、あれこれ気を回してはなりませぬと言っておきました」

以前、佐伯家を捨ててもかまわぬし、藩を捨て武士身分を捨ててもついていくと、とんでもないことを言ったぬいだが、夫の生き方が決まったと見てか、士分の奥方として生きる覚悟を決めたらしい。腹の膨れが目立っているぬいは、千代との鍔ぜり合いに負けない強さも身につけたらしい。

ひと月経った。その間、江戸詰めを解かれて国元に帰ってきた者が、何人かいる。

玄太は辰吉に、玄太より先に帰ってきていた熊谷隼人の動きを見張らせた。帰国途中に、もしやと警戒していた討っ手は現れなかったが、松原惣右衛門のほのめかしもある。粕谷なる男が、江戸から所払いを食った面々の不満につけこむに違いなかった。

それより気になるのは城中の動きだった。秋野派は警戒しているだろうし、与一郎のやったことに溜飲《りゅういん》を下げ、同調する動きも出てくるだろう。こうした動きに敏感な仙之助に探りを入れてみたが、仙之助の口は重かった。あくまでも政変に関知しない立場を貫く気らしい。

（なにか起こるはずだ、起こらなければおかしい……）

予感があり、期待があるが、そのなにかが、これまでのように「臭いものに蓋」のやり方で処理されてしまうことを、玄太はいちばん惧れていた。そんなことをされたら与一郎のやったことは無駄になる。

無駄になるだけではない。大きな反動がきて、身のほど知らずの暴挙と見なされ、立場がたちまち逆転することにもなる。

玄太は、すでに古林善十郎に招かれている。

「与一郎は、汚い手を使ったのではあるまいな」

善十郎が気にしているのは、そのことだった。奥方は、これからも与一郎の力になってくださいましと、深々と頭を下げた。

上屋敷で与一郎が採った手法が、城中で通用するとは思えなかった。江戸藩邸という限定された区画内、家中の頭数も限られていて、しかも与一郎を信頼している殿の在府という強みがあった。一気に勝負をつける条件が整っていたのだ。

（国元では、そうはいかぬ……）

秋野家老を失脚に追い込む確たる証拠がない以上、退陣を迫る理由がない。

（なにか、突き崩す手がかりはないのか……）

思いあぐねていたところに、この機会を待っていたとばかりに現れたのが、藤村頼朝だった。玄太の口利きのせいかどうか、念願の城詰めになっている。

役に立つ男だと豪語しただけあって、城中の動きに関する藤村の情報は、詳細をきわめていた。上屋敷で蛭巻が失脚したという一報が入ってすぐに、若手の間から秋野家老を批判する声があがり、それが日に日に大きくなっているという。

郡奉行の片平左門が重職会議で、蕎麦と粟《あわ》の収穫を年貢の対象から外すべきと具申したとき、勘定奉行をはじめ、藩財政の窮迫を理由に反対する意見が多かったが、仁政のなんたるかを、孔孟《こうもう》の教えから故事まで持ち出して延々と説き、片平の意見を強く推したのが古林善十郎であったという。

漏れ承《うけたまわ》るところによると、と、藤村はじぶんの情報通ぶりを誇るように言った。反対派が古林の長広舌にうんざりして、根負けしたのが真相だという。

真相はともかく、家中の間には秋野家老が古林中老に屈したと受け止める者もいて、好機到来とばかりに、佐伯藤之介を担ぎ出すか、古林善十郎を担ぎ出すかで意見が分かれているものの、秋野家老は「累卵《るいらん》の危うき」にあるのだと、藤村は分析してみせた。

「じつは、一部の若手の間に動きがあったのだが、佐伯さまは、政と祭りとは違う、神輿《みこし》役などせんと断ったそうだし、古林さまは、親子で藩政を牛耳るとのそしりを危惧されて、固辞されたそうだ」

つまり、古林中老はともかく、佐伯家老には古着の綻《ほころ》びを繕《つくろ》うだけで、脱ぎ捨てる気はないのだ。

(……佐伯藤之介……)

藩主家を守り、藩の安泰のために、随所で非情ともいえる辣腕を振るってきた人物である。些事《さじ》にこだわらずに根幹に目を据える姿勢は、敬服に値する。

しかし、幕閣の容喙を警戒するあまりに、藩内の不祥事に目をつぶり、ときにはじぶんの手で隠蔽《いんぺい》もしてきた。これが藩政の沈滞を招き、腐敗を助長することにもなったのだ。

(ここで傍観する気なら、秋野家老共々に、このお方にも家老の座から下りてもらわなければなるまい……)

年寄りとは秋野派とは限らぬとの松原惣右衛門の言葉を、玄太は苦い気持ちで思い出していた。

玄太は、藤村に言った。

「貴公の手腕で、古林さまを強く支持する動きを作ってもらえないか」

藤村は驚いた顔をした。

「拙者に、そのような役をせよと申されるか」

「家中の人柄、人脈、血縁関係にも通じておられる貴公だ。貴公を置いて、この大役をこなせる者はおるまい」

しばらく考え込んでいた藤村は、よかろう、拙者も古林さまの見識に共感するところがある、貴殿に受けた恩もあると、引き受けた。口は渋りがちだが目が輝いていた。

だが、十日ほどしてやってきた藤村は、浮かぬ顔をしていた。

古林中老を支持する者は多い、秋野家老を批判する声も高い。しかし、秋野主膳が引責辞任なり勇退なり、身を退くことがはっきりしないかぎり、うかつに動くことができないというのが、大方の意見だという。

「秋野家老を辞任に追い込むことが、本当にできるのでござるか」

藤原頼朝は、食い入るような目で玄太を見た。ことがうまく運ばぬときは、自分の将来に障ると思っているのだろう。

神崎蔵之丞の名を引き継いだ伊織の役名は「大番頭扱い《おおばんがしら》」、執政会議に連なる資格がある。

いかなる思惑があってか、これまで顔を出すことがなかったと聞いているが、機を見るに敏なところがあり、機略好みでもあり、いまの城内の流動する空気を読み取って、思いがけない手を打ってくるかもしれない。

藤村と別れた後、玄太は釣り竿を持って川原に行った。強い陽射しにきらきら輝いている川面を見つめながら、なんとか手詰まりを打開する方策はないものかと考えたが、頭が空回りするだけで、いい思案が浮かんでこない。

秋野を陥れる奸計がないわけではない。暗殺という手もある。いくら払い除けようとしても、いつの間にか、血刀を拭っている自分の姿を玄太は想像していた。

(これが、武士として通らなければならぬ門なのか……)

ついつい、そんな思いにとりつかれてしまう。

暮色が急速に濃くなり、手元が暗くなるまで魚信《あたり》はなかった。

あったかもしれないが気がつかなかった。胸の中に妙に重く沈んでいくものがあった。玄太が竿をへし折って流れに放り投げたとき、薄闇の中から辰吉が現れた。しばらく顔を見せなかったが、ずっと熊谷や、江戸詰めを解かれた者たちの動きを見張っていたのだ。

「旦那、やつら動きますぜ」

丸森村に神崎家の広壮な屋敷があるが、最近になって、伊織は城下の別邸で過ごすことが多いと聞いていた。その別邸に逗留《とうりゅう》している武士が、津濃藩の粕谷という家臣であることがわかったという。

「熊谷さまや佐野さまが、頻繁に訪ねておりやす」

佐野泰造は、一昨年の人事で普請組組頭を退いた秋野派の重鎮の息子である。玄太と佐市が土屋道場に通いはじめたころ、この佐野と熊谷に下士の子として蔑まれ、ことあるごとに対立した。

調子に乗ってからかってきたのは熊谷の方だが、佐野には陰険なところがあった。長じて後も、なにかあるたびに佐伯屋敷のまわりをうろつき、藤之介の動きを見張っていた男だった。

(ついに、伊織が動き出したか。佐野と熊谷、それに粕谷が加わっているとなれば、ここはぐずぐずしてはいられない。先手を打つしかない……）

江戸屋敷で秋野派が壊滅し、国元でも反秋野の動きが出てきているいま、起死回生を計るとしたら佐伯藤之介と古林善十郎を、藩政の中枢から失脚させるしかない。

清廉《せいれん》な人柄で若手の信望の厚い古林を陥れるのは難しいが、もともと佐伯藤之介は、家中の間では謎の多い不可解な人物とみなされている。狷介《けんかい》で冷徹な人柄が、誇張されて伝わっている向きもある。腹黒い、邪心を抱く人物と見なされてもいたしかたない側面を持っているのだ。

早い話、下士の伜《せがれ》の玄太を婿に迎えたことを、怪訝の目で見ている家中だって多い。

（怪訝の目は、疑念の雫《しずく》の一滴でたちまち曇ることになる。曇るだけではない。疑心の目には鬼の姿が見えてくるものだ……）

よからぬ風評が立った後、草壁平助を解任して意のままになる男を大目付の座に据えれば、佐伯藤之介を奸臣《かんしん》に仕立てあげることは、さほど難しいことではなかろう。

（江戸屋敷で与一郎がやったのと、同じ手口だ……）

佐伯家老さえ潰してしまえば、古林中老を放逐《ほうちく》するのはたやすいこと。

（しかし、佐伯藤之介の怖さを一番知っているのは秋野主膳のはず、うかつには手を出せぬだろう。となるとやつらの攻め口は……）

松原惣右衛門がもらした、粕谷はこれからは貴殿に狙いを絞るだろうと言った一言を、玄太は生々しく思い出した。

あの老獪な男の目には、あのときすでに、国元で展開する抗争の筋書きが見えていたに違いない。

伊織には、「下郎風情」にこれまで何度かしてやられた悔しさがある。熊谷や佐野にも、幼いころからの因縁がある。不利な状況を打開するには佐伯の婿を血祭りに上げるしかないとの粕谷の発案に、飛びついたとしても不思議はない。

（どのように仕掛けてくる気か知らぬが、ここは腕を拱《こまね》いているわけにはいかぬ……）

辰吉は、玄太の肚を見すかしたように言った。

「旦那、やる気でござんすね。あっしは、命は惜しみませんぜ」

三日後の夜、佐野と熊谷が別邸に入り、少し遅れて秋野主膳も入るのを辰吉が見届けてきた。

玄太は、辰吉を佐市のところに走らせた。加勢を頼むためではない。勝負の結果がどうあれ、佐伯藤之介を陥れる口実を彼らに与えるわけにはいかない以上、ことの顚末《てんまつ》を見届ける者が必要だった。

身支度をする玄太に、ぬいは静かな口調で言った。

「どうあっても、行かねばならぬのでございますか」

「おれが独り立ちするためにも、ここは避けては通れぬ道だ」

「わかりました。ご武運を祈りまする。後のことはぬいにお任せくだされ」

大きくうなずいたぬいの顔は、きっとした武士の奥方の顔になっていた。

(このおなご、山姥にも貧乏浪人の女房にもなる気でおったのに、武士の妻として生きる肚を決めたらしいな……)

(……おなごにはかなわぬ……)

いまここにきて、そんな苦笑めいた思いが玄太にはあった。

上士の屋敷が並んでいるこの辺りは、日が落ちると人通りは途絶える。用水桶の陰に隠れていた玄太のところに、佐市が急ぎ足で来た。

「あらましのところは辰吉から聞いたが、本当に加勢はいらぬのか」

「おまえに手を出されてはこまる。大目付方役人の立場で、見届けてもらえればよい」

「斬るのか」

「伊織と秋野家老は生かしておく。佐野と熊谷を斬る気もない。粕谷は、出方次第だ」

玄太はふところから封書を出して佐市に渡した。

「おれが斬り殺されたときには、これを佐伯家老に渡してくれ」

「遺書か」

「死ぬと決まったわけではないが、念のためだ」

「わかった」

「中身をおまえに伝えておく。おれになにがあっても、このことをもみ消すようなことをしてくれるなと書いておいた。もしその手で出てきたときには、おまえに抗議してもらいたいのだ」

「玄太が化けて出ると言ってやる」

門の辺りに灯が動き、三つの人影が出てきたのは、一刻ほど経ってからだ。

酒肴でもてなされたらしく、粕谷を真ん中にした三人は、声高に話しながら近づいてきた。声の中から「下郎」のひと言が聞き取れた。子どものころ、佐野や熊谷が、玄太と佐市に投げつけた言葉だった。

現れた人影がだれであるかわかったらしく、熊谷に耳打ちされた粕谷が前に出た。

「ほう、ここで会えるとは願ってもないこと」

低い声に、凄味がある。

「粕谷どの、貴殿に顔を出されてはなにかとややこしくなる。手を退いてもらおうか」

「それは、こっちの言い分だ。いつまでも邪魔をされるわけにはいかぬのでな」

粕谷は、かぶりものを脱ぎ捨てて抜刀した。迷いがないところをみると、やはり玄太の暗殺を企てていたのであろう。佐野は刀を抜いたが、熊谷の方は迷っている。

無言で斬りかかってきた粕谷の腕はたしかだった。真っ向から振り下ろしてくる剣には、腰の座った重さがある。二度、三度かわしておいてから、玄太は踏み込んで、高く掲げた腕を下からなぎあげた。青猪番所でコウモリを斬って身につけた技だ。夜空に刀を握ったままの粕谷の片腕が飛んだ。

向き直った玄太に、佐野はすでに斬りかかる気力を失っていた。

門前の騒ぎに気づいたらしく、神崎の屋敷が慌ただしくなり、提灯の明かりが動いて門が開いた。家士を従えて伊織は白い部屋着姿で現れ、佐野に声をかけた。

「向こうからやってきたとは好都合であったな」

これまで何度も煮え湯を飲まされた「下郎」の無様な姿を、見届けに出てきたらしい。

屋敷にいるはずの秋野は顔を見せようともしないのに、のこのこ出てくるのは、子どものころ、無礼を咎めるのにじぶんで鞭を振り回さなければ気がすまなかった、あの気質がまだ残っているからだろう。

「あいにくだったな」

提灯の明かりの届くところに進み出た玄太を見て、伊織は驚いた顔をし、腕を抱えてうずくまっている粕谷に気づいて、ちいさく舌打ちした。

伊織は憎々しげに言った。

「江戸では夜盗、国元では辻斬《つじぎ》りをはたらくとは、佐伯の名を借りようが、匹《ひっ》夫《ぷ》の血は変わらぬと見える」

玄太は、少年の日の屈辱をかみ殺し、静かに言った。

「気に食わぬなら、鞭を振り回して懲らしめたらどうだ」

伊織は鼻先でわらった。

「わしが手を下すまでもないわ。血迷ったあげくの刃傷沙汰であると証言する者は、こちらにはおる」

そのとき、佐市が闇の中から現れた。

「委細《いさい》、見届け申した。先に刀を抜いたのは貴家の客人、私怨による刃傷とも思えぬふしがあるゆえ、大目付方としては、いずれ貴殿から事情を聴取することになる」

佐市は、突っ立っている佐野と熊谷に声をかけた。

「証人であるおれの口を塞ぎたいなら、いまここで相手になってやるが」

佐野も熊谷も無言のままだった。

「謀《はか》りおったな」

半面に提灯の光を受けた神崎伊織の顔は、毒々しく歪んでいた。

屋敷にもどると明々と灯がともった部屋に、ぬいと静江が待っていた。焼酎や晒木綿《さらしもめん》、刀傷の膏薬《こうやく》まで用意してある。

玄太が傷を負っていないことがわかると、ぬいの体から力が抜けていった。静江もほっとした顔を見せ、玄太と佐市を交互に見ながら言った。

「で、喧嘩には勝ったのか」

玄太に代わって、佐市が答えた。

「喧嘩玄太の腕は、衰えておらなかったわ」

三

ぬいが男の子を出産したのは、ひと月後である。

千代は、乳の出がよくなるようにと、毎日弥助に鯉を捕らせたり、利助に餅を搗《つ》かせたりしている。子はともかく、孫ともなれば、家訓などどうでもよくなるらしい。

草壁平助が神崎伊織と秋野主膳の取り調べに乗り出したのは、すでに藩内の潮流が、これまでのような姑息《こそく》な手が通用しないところに来ていると悟ったからであろう。

佐市から聞いたところでは、秋野はあれこれ言い逃れをしているらしいが、伊織は粕谷が客人であることを認め、玄太暗殺の計画があったこともあっさり認め、成り上がり者に政は任すわけにはいかぬからだと、うそぶいているという。

いかに大目付とはいえ、神崎家の当主を罰することはできない。

しかし、綿密な裏付けと徹底した吟味で知られた草壁平助である。いずれ熊谷や佐野のこれまでの動きは炙《あぶ》り出されることになり、粕谷の正体も暴かれよう。

(それにしても、伊織のやつ……)

伊織が粕谷の唆しに乗ったのは、才を自負する者にありがちな軽薄さによるものであろう。強い鼻っ柱をへし折られた上に、手足となっていた秋野派が瓦解してしまえば、いかに神崎伊織といえども、巻き返す手だては残っていない。

少年の日に、この男を土下座させてやれるならば、どんなことでもしてやると心に誓ったことを思い出す。

この男、当分は逼塞《ひっそく》することになろうが、土下座させることはできなかった。

（いずれまた、息を吹き返してくるに違いないが、そのときは家柄を鼻にかけた高慢さが通用しないことを、思い知らせてやる……）

玄太の胸底には、陰気な昂りが残っていた。

初孫のお七夜ということで、千代の呼びかけに応えて東吾ときみ江、佐市夫婦、仙之助の妻の登代が来てくれた。

とっくに過ぎ去ったと思っていた夏が、気まぐれに戻ってきたような暑い夜だった。浴衣姿の藤之介は僅かの酒で赤くなり、千代がしばしばたしなめるほど、いつになく饒舌であった。

「東吾どの、貴殿の伜の玄太は、とてもわしの手には負えん」

そんなことを言った後、藤之介はいきなり、わしは隠居する、玄太に藤之介の名を継がせると言い出した。

「前から考えておったのじゃ。孫ができたら隠居して、作次を連れて釣りでもして暮らしたいとな」

そして、秋野にも隠居してもらうと、愉快げに付け加えた。

「あの男、往生際が悪い。わしが引導を渡してくれよう。なに、四の五の言わせぬ証拠など、わしは山ほど持っておるわ」

秋野主膳が引退し、佐伯藤之介が隠居するとなれば、江戸の古林与一郎にとっても玄太にとっても、これは願ってもないことだ。しかし、こうもあっさりと引退を表明されてみると、してやったりと手を打つ気分にはなれなかった。勝ち取ったという気はしないし、これは禅譲《ぜんじょう》などといえるものでもない。もともと表情から肚の裡を読み取りにくい人物だが、むずかしい詰め将棋を見事詰みあげた満足感ともとれる、鎧の間のガラクタを押しつけてさばさばした気分ともとれるものが目の底から見てとれて、うまくはめられた気がするのである。

上機嫌の藤之介は、ゆらりと立ち上がった。そして千代の制止を払いのけるようにして謡《うた》いはじめた。須貝平八郎が玄太の祝言の席で謡った里謡である。あのときは「浮かれおって」と吐き捨てていたくせに、重荷をひとまとめにして婿に押しつけた気でいるいまの藤之介の顔には、孫の誕生を喜ぶだけとは思えない、正体のつかみかねる喜悦が溢れ出ていた。

（化け物め……）

玄太が藤之介を評するときには、どうしてもそんな言い方になってしまう。

いくさ場の音も消えゆく
濡れかかる　萱野の雨か
めでたやな　生きて帰らん

ふだんの藤之介からは想像もつかない、おやと思うほどの艶《つや》のある声だった。そういえばぬいから、佐伯家に入る前の若いころの父は、茶屋遊びもするし女も泣かせるいっぱしの遊び人であったのだと聞かされたことがある。

玄太は、時雨にそぼ濡れる野に立ち並ぶ赤い門を駆け抜け、姿を消していく白い毛で覆われた大きなイタチの姿を見た気がした。そして、この面妖な人物の正体をつかみきれなかった悔しさが、ぐぐっと胸にこみ上げてきた。

席をはずし、縁側に出て風に当たっていた玄太のところに、辰吉が肴《さかな》の小鉢と銚子を持ってきた。

玄太のひしがれた気分をすばやく察した辰吉は、励ますように言った。

「旦那、これで正真正銘のひとり立ちってことですぜ。なあに、旦那には旦那のやり方があるってことです。やりたいようにやりなさるがいい」

祝いの席ということで、利助が灯を入れてくれた石灯籠《いしどうろう》の明かりが、朽葉だらけの庭の地面を小さく浮き上がらせていた。明かりの届かない奥の暗闇から、秋の虫の声がしきりに聞こえてくる。

(やるしかないのだ。ひとつひとつ、門をくぐり抜けていくしかない……)

くぐり抜けていくうちに、自分もまた「化け物」に変貌していくのかもしれないと思うと気が重いが、藩政への情熱というより、神崎伊織に対する敵愾心が玄太の背中を押していた。

千代の尖った声がして振り向くと、片肌脱ぎになった夫を千代が止めていた。藤之介は、調子に乗って踊り出す気らしい。

「よいではございませぬか、わたしどもも、拝見しとうございます」

赤子を胸に抱いて喚していいるのは、ぬいだった。

「千代どの、はめをはずした殿御《とのご》というものは、赤子よりも手に負えぬものでございますよ」

きみ江までが、そんなことを言っている。

さむらいの門《もん》　決断《けつだん》の標《しるべ》

渡辺《わたなべ》　毅《たけし》

学研M文庫

2008年8月26日　初版発行

●

発行人 ―― 大沢広彰

発行所 ―― 株式会社学習研究社

東京都大田区上池台4-40-5 〒145-8502

印刷・製本 ― 中央精版印刷株式会社

★ご購入・ご注文は、お近くの書店へお願いいたします。

★この本に関するお問い合わせは次のところへ。

• 編集内容に関することは ― 編集部直通　03-5447-2311

• 在庫・不良品(乱丁・落丁等)に関することは ―
出版販売部　03-3726-8188

• それ以外のこの本に関するお問い合わせは下記まで。
文書は、〒146-8502 東京都大田区仲池上1-17-15
学研お客様センター『さむらいの門 決断の標』係
電話は、03-3726-8124(学研お客様センター)

落丁・乱丁本はお取り替えいたします。

定価はカバーに明記してあります。

わ-3-5